光文社文庫

長編時代小説

裏切老中
闇御庭番（一）

『闇御庭番　江戸城御駕籠台』改題

早見　俊

光　文　社

目次

公儀御庭番は、八代将軍徳川吉宗が創設した将軍直属の情報機関。表向きは城中の清掃、警固などを役目としたが、実態は諸大名の動向や市中探索などの諜報活動をおこなう。

十二代将軍家慶は、十一代家斉と側室お楽の方との間に、家斉の次男として生まれた。寺社奉行、大坂城代、京都所司代、西ノ丸老中を歴任して老中首座に登り詰めた水野忠邦（越前守、浜松藩主）を中心に、家斉の死後、「天保の改革」を断行する。

水野の懐刀として、改革に反する者を取り締まったのは鳥居耀蔵（甲斐守）。儒者林述斎の三男として生まれ、旗本鳥居一学の養子となった。目付をへて南町奉行に就任。厳しい取り締まりのため、「妖怪（耀甲斐）」と恐れられた。

北
0
1km
田端
駒込
日暮里
三河島
谷中
千駄木
白山
御薬園
小石川
伝通院
根津権現
本郷
東叡山寛永寺
中堂
不忍池
菊坂町
池之端仲町
湯島天神
下谷広小路
下谷
広徳寺
幡随院
新吉原
金杉上町
鷲神社
日本堤
千住道
小塚原
大橋
鐘ヶ淵
隅田村
隅田川
寺島村
小梅村
今戸町
今戸橋
山谷堀
聖天町
浅草花川戸町
奥山
浅草寺
東本願寺
阿部川町
新堀川
吾妻橋
竹町ノ渡し
田原町
三間町
並木町
駒形堂
蔵前
御米蔵
森田町
御徒町
水戸徳川家
春日町
牛込
神楽坂
牛込御門
小石川御門
水道橋
神田川
神田明神
筋違御門
練塀小路
外神田
天王町
浅草橋
柳橋
百本杭
御竹蔵
本所
市谷
番町
田安御門
俎板橋
雉子橋御門
一ツ橋御門
昌平橋
多町
和泉橋
柳原土手
両国広小路
藤代町
両国橋
回向院
相生町
竪川
馬喰町
薬研堀
内神田
今川橋
神田橋御門
清水御門
市谷御門
三河町
小伝馬町
大伝馬町
本銀町
日本橋
常盤橋御門
北町奉行所
室町
江戸橋
一ツ目之橋
二ツ目之橋
三ツ目之橋
新大橋
小名木川
万年橋
霊厳寺
深川
仙台堀
麹町
半蔵御門
江戸城
西之御丸
呉服橋御門
日本橋
南茅場町
南町奉行所
鍛冶橋御門
京橋
組屋敷
八丁堀
永代橋
小松町
富岡八幡宮
永代寺
霊岸島
桜田御門
永田町
赤坂御門
山王日枝神社
溜池
数寄屋橋御門
新橋
西本願寺
築地
石川島
佃島
越中島調練場
幸橋御門
汐留橋

江戸幕府と町奉行所の組織（江戸後期）

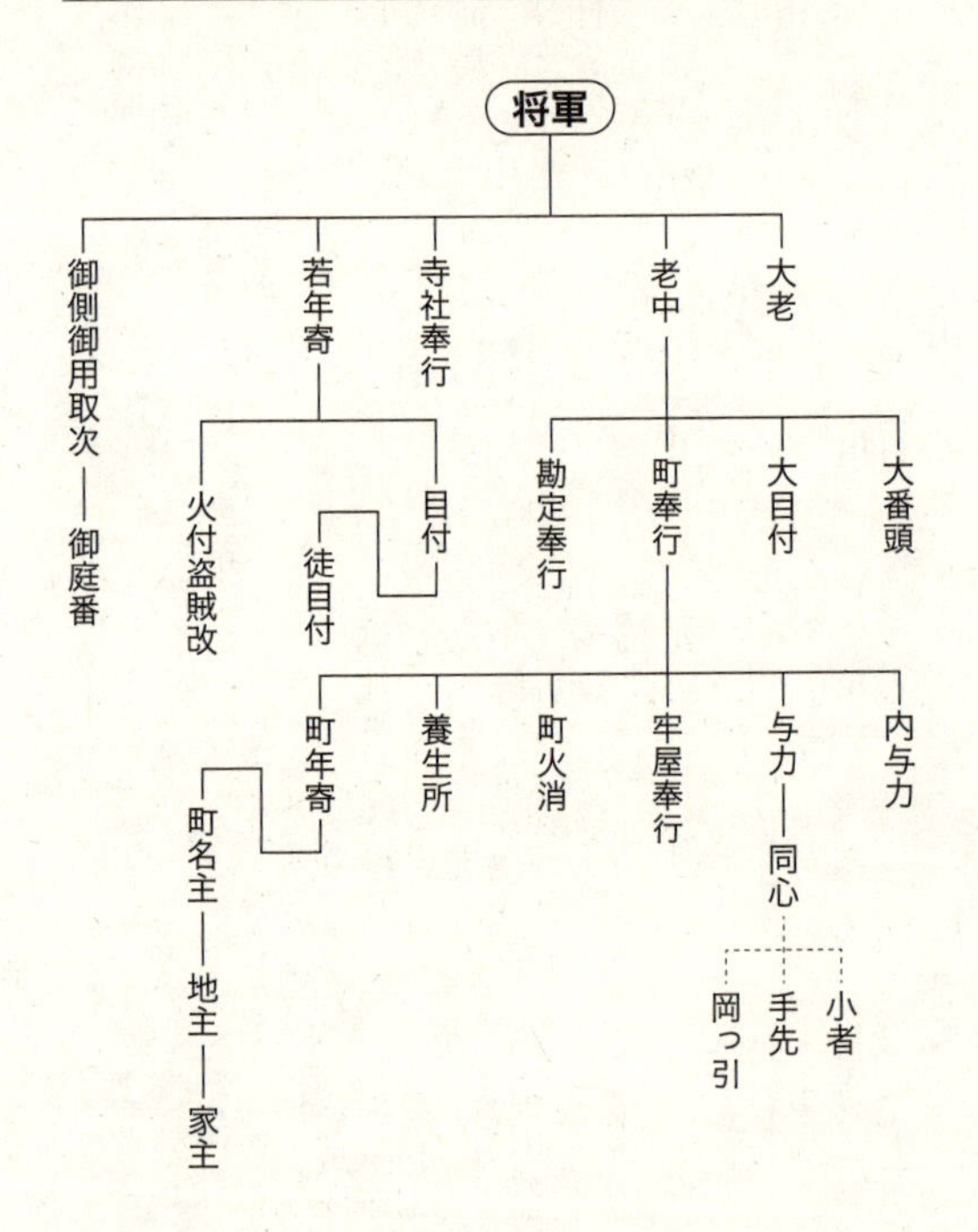

＊本図は江戸後期の幕府と町奉行所のおおまかな組織図。

＊幕府の支配体制は老中（政務担当）と若年寄（幕臣担当）の二系統からなる。最高職である老中は譜代大名三〜五名による月番制で、老中首座がこれを統括した。

＊町奉行は南北二つの奉行所による月番制で、江戸府内の武家・寺社を除く町方の行政・司法・警察をつかさどった。

＊小者、手先、岡っ引は役人には属さず、同心とは私的な従属関係にあった。

主な登場人物

菅沼外記（青山重蔵）……十二代将軍家慶に仕える公儀御庭番。
お勢……………………辰巳芸者と外記の間に生まれた娘。常磐津の師匠。
村山庵斎………………俳諧師。外記配下の御庭番にして、信頼される右腕。
真中正助………………相州浪人。居合師範代で、お勢の婿候補。
小峰春風………………絵師。写実を得意とする。
義助……………………棒手振りの魚屋。錠前破りの名人。
一八……………………年齢不詳の幇間。

田岡金之助……………南町定町廻り同心。
すっぽんの伝吉………本所相生町の岡っ引。
新見正路………………御側御用取次。
お喜多…………………鳥居耀蔵の愛妾。

第一話　佞臣掃除

一

天保十二年（一八四一）二月。

菅沼外記は、土手に寝そべっている。王子権現を望む音無川だ。早春のやわらかな日差しが降りそそぎ、日向ぼっこには申し分ない。

川から土手に吹き上がる風は、冷気を含んでいるが、それがかえってこれからおこなう役目に緊張を与えている。

外記は飛鳥山を眺めた。山上には霞がかかり、桜並木は蕾のままだ。

「桜が咲いたら、また来るぞ」

かたわらに寝そべる黒犬に外記は声をかけた。仔猫と間違えるほどに小さな犬である。黒犬は外記の言葉がわかるのか、つぶらな瞳で飛鳥山を見上げ、うれしそうに尻尾を振った。

子育て稲荷の時の鐘が昼九つ（正午）を告げた。

菅沼外記、四十九歳。公儀御庭番である。

御庭番は八代将軍徳川吉宗によって創設された、将軍直属の諜報組織である。

吉宗は、紀州藩主から将軍家を相続するにあたり、紀州藩から二百余名の家臣団を連れてきた。その家臣団のうち、「薬込役」と呼ばれた十六名が御庭番となる。

薬込役は、元来は紀州藩主の鉄砲に弾薬を詰める役であったが、藩主が外出する際には、その身辺を警固するようになった。これが発展し、吉宗の代には、諸国を探索する役目を担うまでになっていた。

したがって、御庭番もおのずと将軍警固、諸国探索の役目を担っていく。

薬込役十六名に馬の口取り役だった一名を加えた十七家が、代々世襲で御庭番を継承した。のちに、十七家の中から分家した別家九家も編入され、天保のころには二十六家が御庭番家筋を形成している。

御庭番の役目は、表向きは江戸城中の警固である。ふだんは天守台近くの庭の番所に詰め、火のまわりや不審な人間の出入りに目を光らせた。

ところが、裏の顔は、というより、こちらのほうが本職なのだが、将軍のための諜報活動をおこなう。

諜報活動は、江戸向地廻り御用と呼ばれる江戸市中を探索するものと、遠国御用といって諸大名の国元を探索する御用があった。

しかし、諜報活動は単に探索だけで完了するものではない。

忍び御用。

幕府の記録には一切載っていない御用、それが忍び御用である。必要に応じて、暗殺、攪乱といった探索を超えた破壊活動をおこなう。

こうした忍び御用には、御庭番家筋とは別の者たちに指令が出された。

彼らは吉宗が保護していた、甲賀忍者の末裔である。代々の家筋には秘伝の術があり、彼らはその術によって忍び御用をなし遂げていく。

菅沼外記は、忍び御用を役目とする公儀御庭番なのだ。

本日、御側御用取次新見伊賀守正路より下された忍び御用は、先月薨去した大御所、徳川第十一代将軍家斉の愛妾お美紀の方の父、直参旗本向井監物の屋敷に潜入することだ。家斉が残した遺言状を奪い取ってくる。

遺言状には、向井を五千石という旗本にとって最高の役高を誇る大番頭に取り立てるとあった。向井は、現在大番組頭である。家斉の娘への寵愛を後ろ盾に権勢を振るっていた。向井は、家斉がお美紀の方に書いた遺言を盾に、大番頭の地位を要求している。

第十二代将軍家慶は、向井のこれ以上の増長を嫌い、その拠りどころとなっている家斉の遺言状を奪い取れと下命したのだ。

向井は家斉の四十九日の法要を待ち、遺言の履行を幕閣に迫るつもりである。その一方で、家慶の動きを察知し、遺言状を奪われないよう屋敷を厳重に警固していた。

外記が下命を受けるまで、すでに三人の御庭番が向井邸に潜入したが、いずれも失敗している。

ある者は、深夜御殿の床の下から潜入しようとし、捕縛された。ある者は、出入りの汲み取り屋に扮装し、糞尿を汲み取るふりをして見つかった。ある者は、火事を起こし向井が遺言状を持って出てくるところを奪い取るつもりだったが、出入りの定火消に火つけの現場を取り押さえられた。

こうして、外記の出番となったのである。

外記は、草むらで半身を起こすと、鶯色の小袖の懐から手鏡を出した。鏡を見ながら身なりを確認する。

宗匠頭巾をかぶり、口とあごには白いつけ髭をつけている。外記は髭を指でていねいになで、頭巾をととのえた。目鼻立ちがととのった柔和な顔が鏡に映り込んでいる。

手鏡を懐にしまい、立ち上がると空色の裁着け袴を払って、かたわらの風呂敷包みを背負う。

「ばつ、行くぞ」

外記は黒犬にやさしく告げた。

外記とばつは、土手を上がると音無川に沿って歩き、大橋を王子権現に向かって渡った。

そのまま王子権現には向かわず、左に折れた。

あたり一面に畑が広がっている。その畦道を外記はゆっくりと歩く。

こんもりと茂った林を突っ切ると、向井監物の屋敷があった。番町にある組屋敷とは別の、大名でいう下屋敷のようなものだ。向井は、家斉薨去後はこの王子村の屋敷で過ごしている。

築地塀がめぐらされた三千坪ほどの屋敷だ。長屋門に着いたところで、

「待ってろよ」

外記はばつの頭をなで、門番に近づき、

「失礼申す」

懐から一通の書状を取り出し、手渡した。

書状は、大奥年寄滝川からの紹介状である。滝川は、外記を蹴鞠の名人として向井に紹

介していた。蹴鞠の妙技を見物して無聊をなぐさめては、という名目だ。今日、外記が訪問することは前もって滝川から連絡がなされ、向井も外記を待っている。

やがてくぐり戸が開き、

「どうぞ、お入りください」

初老の武士がにこやかな顔を出した。外記はくぐり戸から屋敷に入ると、右手にある番所の六畳間に通された。

いかめしい顔をした番士が外記を取り囲んだ。大小は帯びていないか、それ以外にも刃物、凶器を持っていないか、入念に検めた。

番士は、外記が身に寸鉄も帯びていないことを確認すると、出迎えの武士に向かって目配せした。武士はうなずくと、外記をともない御殿に向かった。

屋敷内には、いたるところに警固の侍が配置されている。いずれも屈強な身体つきの若侍で、小袖をたすきがけにし、裁着け袴に大小を落とし差しにして、ぎらついた目を外記に向けてきた。外記はにこやかな顔で目礼しながら歩いていく。

やがて、武士の案内で庭に出た。

庭には大きな池が設けられ、周囲を季節の花や木が取り巻いている。いわゆる回遊式築山庭園だった。梅がいまを盛りと咲き誇っている。庭に面した御殿の大広間では、すでに酒宴が張られていた。

向井は、でっぷりとした身体を脇息にもたせかけている。盃を手にした顔は、すでにほんのりと朱色に染まっていた。向井の横には、派手な打掛に身を包んだ女が笑みをたたえている。側室であろう。

大広間には近習や女中たちがはべり、濡れ縁には用人たちが居並んで、外記を待っていた。

「錦小路早雲斎でございます」

外記は庭で片膝をついた。わきに風呂敷包みを置く。

「そうか、くるしゅうない。京より参った蹴鞠の名人と聞いた。楽しみに待っておったぞ」

向井は肥満した頬肉を揺らした。外記は深々と頭を垂れた。

「かまわぬ。さっそく、技を披露いたせ」

向井が言うと、出迎えの侍が外記をうながした。外記は風呂敷包みを解く。色あざやかな鞠があらわれた。

「まあ、きれい」

側室や女中から感嘆の声があがった。鹿の皮でつくられた鞠の表面を金銀、紅白の糸で飾り立ててある。

外記は、風呂敷から取り出した蹴鞠用の沓にはき替えながら、そっと警固の状況を把握した。

両側に若侍が四人ずつ立っている。向井たちと違って、油断のない目を外記に向けてくる。

向井まではざっと五間（約九メートル）ほどの距離だ。

濡れ縁へ階を駆け上がり、向井を襲撃することは容易だ。ただし、警固の侍がいなければ、である。侍は、外記が妙な動きをしたとたんに外記の前に立ちふさがり、あるいは取り巻いて動きを封じるだろう。

身に寸鉄も帯びていない外記は、徒手空拳で八人の侍を相手にしなければならない。外記が斬られようが、侍が倒されようが、向井はその場を逃れてしまうだろう。お役目失敗である。

「では、ご披露いたします」

外記は、鞠を蹴り上げた。鞠は外記の頭上に舞い上がった。ついで、落下した鞠をふたたび蹴る。

鞠は外記の足で小気味よく宙に舞いつづけた。

「さて、さて」

外記は素っ頓狂な声をあげると、鞠を頭で受け止めた。さらに胸、腹で受け止めていく。

ついには、仰向けになり、両足で鞠をあやつりはじめた。

向井の酔眼が輝き、側室をはじめ女たちは無邪気な歓声をあげた。用人たちも、盃や箸を膳に置いている。さらに侍たちの視線も鞠に集まった。

外記は、目の端で鞠にみなの注目が集まっていることを確認すると、

「そ〜ら」

ひときわ大きな声で、鞠を天高く蹴り上げた。

二

鞠は白雲たなびく青空に吸い込まれていった。

みな、歓声とともに鞠の行方を追う。

外記の動きは速かった。

右手にいる侍に走り寄って大刀を抜き放つや、同時に首すじを峰打ちにした。次の瞬間には、さらに三人を峰打ちで昏倒させていた。右手の侍四人が倒されたところで、左側の

四人が外記に向かってきた。

　そこへ鞠が落ちてくる。

　鞠を先頭の侍の顔目がけて蹴りつけた。鞠は顔面に命中し、侍は後方にはじけ飛び、三人にぶつかった。侍の動きが乱れる。外記の大刀がそこを襲い、残る侍も峰打ちにした。

　ここにいたって、ようやく事態を承知した向井たちがあわてふためいた。

「出あえ、出あえ！　曲者じゃ！」

　用人が濡れ縁から庭先に降り、わめき立てる。

　が、そのときには、外記の身体は大広間にあった。

　外記は、

「無礼者！」

　と、口から泡を飛ばし後ずさりしている向井から脇差を奪った。ついで、大刀を側室に向かってきらめかせると、打掛を畳に串刺しにした。側室や女中は声もあげられず、おろおろとなりゆきを見守っている。

「向井さま、御免」

　脇差を抜くと、外記は向井の背後に回った。ついで、

「さあ、大御所さまのご遺言状、お渡しください」

と、脇差を向井の首すじに立てた。

「曲者、なにやつ」

向井は顔をゆがませ、うめいた。

「そんな問いかけに答えるとお思いか」

外記は哄笑した。

「越前の差し金であろう」

越前とは、老中首座水野越前守忠邦のことである。

「ですからな、そんなことより早くご遺言状をお渡しなされ。でないと、あなたさまが遺言を書くはめになりますぞ。もっとも、書くひまがあれば、でござるが。がはははっ」

外記は楽しげである。

「鬼頭、持ってまいれ」

向井は怒声を放った。

濡れ縁から一人の侍が御殿の奥に走っていく。

庭で人の声と足音がした。

「な、なんと」

十人の侍がやってきた。彼らは、大広間の様子と庭で昏倒している八人の侍を見てうめいた。

「庭でおとなしくしていなされ。刀も鞘におさめるべきでしょうな」

外記は鶯のようにのどかな声で言い放った。侍たちは目を血走らせ、外記を睨みすえた。

「言うとおりにいたせ」

向井は、侍たちが血気に逸らないよう命令する。

侍たちは歯嚙みしながら、抜き身を鞘に戻した。

「御前」

鬼頭が戻ってきた。紫色の袱紗包みを両手で持っている。

「よろしい、よいお心がけですな」

外記は鷹揚にうなずいた。

鬼頭が、袱紗包みを解いた。文箱があらわれた。黒漆に金で三つ葉葵の家紋がほどこされている。

「さあ、御前さま」

外記がからかうような口調で言うと、向井は太った身体をねじり、右手を文箱に伸ばした。

「おおっと。大御所さまのご遺言状でござりますぞ。両手で」

背中越しに、外記は向井の右手をぴしゃりと叩いた。向井は右手を引っ込め両手を差し出すと、うやうやしい態度で文箱を持ち上げた。

「ご遺言状をお見せくだされ」

外記が言うと、向井は蓋を開けた。

美濃紙の巻物があらわれた。

向井は屈辱のためか、家斉への畏敬のためか、両手をふるわせながら巻紙を広げた。

外記は向井に音読させた。たしかに、家慶や幕閣連中にあてて、向井の大番頭への昇進と五千石への加増とが書き記されている。

外記は懐から家斉が書き残した書状を取り出し、両方を見比べた。

御側御用取次新見正路からあずかっていた家斉直筆の書状である。筆跡、花押、印を慎重に見比べる。

間違いないことを確認すると、外記は、

「御前さま。お許しくだされ」

早口に言って、向井の鳩尾に当て身を食らわせ、昏倒させた。そして、遺言状に向かって一礼すると懐にしまう。ついで、脇差を鞘におさめ腰に差した。

庭先で侍たちが色めき立った。

「控えよ」

外記は文箱を右手で頭上に掲げる。

「三つ葉葵の紋所に刃を向けるか」

外記は庭に降り立った。侍たちが外記のために道を開けると、裏門目がけ駆け出す。

「追え!」

鬼頭の命令で、われに返ったように侍たちが動きはじめた。十人がひと塊となって外記を追っていく。

外記は築地塀沿いを走り、厩の前に到った。馬が三頭つながれている。外記は馬を解き放ち、尻を叩いた。

馬は侍たちに向かって走り出す。

侍たちの塊が散り散りとなった。

そのすきに、外記は裏門に到る。

番士が二人飛び出してきた。外記は、両手で当て身をくり出し、二人同時に昏倒させた。

そして、裏門の閂をはずしたところで、

「待て!」

侍が三人追いついた。

「この文箱に危害を加えるか」

外記はニヤリとした。三人がためらっていると、鬼頭が追いついてきた。

「やむをえん。いまは、ご遺言状を取り戻すことが先決。文箱は後日なんとかいたす」

鬼頭は肩で息をしながら、声を振りしぼった。

「そうか。では、わしを斬るがいい。斬ればご遺言状をわが血で汚すぞ」

外記は文箱をわきに置くと、地べたに胡坐(あぐら)をかいた。

またも侍たちの動きが止まった。

「いかにされる、鬼頭どの」

胡坐をかいたまま、外記は鬼頭を見上げた。鬼頭は顔をしかめたが、薄ら笑いを浮かべ、

「この者の着物を汚さぬように始末いたせ。首でも刎(は)ねればよいだろう」

と、命じた。

三

侍たちは抜刀(ばっとう)し、外記に向かってにじり寄ってきた。

外記は立ち上がり、右の掌(てのひら)を広げ前方に突き出す。左手は腰に添えた。侍たちは警戒

し、動きを止めた。

口から小刻みに息を吸うと一旦呼吸を止め、そして、ゆっくりと息を吐き出す。全身を血が駆け巡って外記の顔は紅潮し、双眸が鋭い輝きを放った。

と、外記は右手を引っ込め腰を落とした。

次いで、引っ込めた右手を今度は何かを押すように突き出し、

「でやあ！」

腹の底から大音声を発した。

一瞬、陽炎が立ち上り、侍たちが揺らめくや、

「うおー！」

相撲取りに突っ張りを食わされたように後方に吹き飛んだ。

鬼頭はなにが起こったのかわからず、目を白黒させる。

「見たか、これぞ菅沼流気送術」

外記は、鬼頭に笑顔を向けると、気分がよいのか大空に向かって口笛を吹いた。外記の口笛と鶯、鳶の鳴き声が、屋敷の空に響きわたった。

菅沼流気送術、菅沼家に伝わる秘術である。呼吸を繰り返し、気を丹田に集め満ち足りたところで一気に吐き出す。気送術を受けた者は見えない力によって突き飛ばされ、中に

は失神する者もいる。

菅沼家の嫡男は元服の日より、気送術習得の修業が始まる。当主について日々、呼吸法、気功法の鍛錬を受け、時に一ヵ月の断食、三ヵ月の山籠もりなどを経て五年以内に術を会得しなければならない。会得できぬ者は当主の資格を失い、部屋住みとされた。

無事会得できたとしても、術の効力は低い。精々、子供一人を吹き飛ばすことしかできない。しかも、丹田に気を溜めるまでに四半刻（約三十分）程も要する。気送術を放つ時には全身汗まみれとなりぐったりして、術を使う意味を成さない。

会得後も厳しい鍛錬を重ねた者、そして生来の素質を持った者のみが短い呼吸の繰り返しで丹田に気を集めて大の男を飛ばし、術を自在に操ることができるのだ。外記は三十歳の頃には菅沼家始まって以来の達人の域に達していた。

「では、向井さまによしなに」

外記は裏門を開け、屋敷を出た。

と、そのとき、ばつのうなり声が聞こえた。

反射的に外記は振り返る。

「たあ！」

侍が外記に斬りつけてきた。侍の刃が大上段から振り下ろされたとき、

「でやあ！」

またしても、菅沼流気送術が炸裂した。

「ああ！」

侍は刀を落とし、仰向けに倒れた。

「ばつ、ありがとうな」

外記が笑顔を向けると、ばつは尻尾を振って近寄ってきた。

外記とばつは裏門の前に広がる野原を歩きはじめた。

「でかした」

外記を二人の侍が出迎えた。二人とも黒羽二重の羽織、袴姿で、顔を宗十郎頭巾で隠している。ずんぐりした男と痩せた男である。

「新見さま、どうぞ」

外記は、ずんぐりした男の前に片膝をつき、遺言状を差し出した。御庭番を管轄する御側御用取次新見伊賀守正路である。痩せた男のほうは外記に面識はないが、老中水野越前守忠邦であろう。はたして、

「ご老中水野さまじゃ」

新見は言った。

外記は黙って頭を垂れた。

「見事な働きであったな」

水野は向井の屋敷を見やった。裏門のわきに火の見櫓が立っている。

「そのほうが裏門側で見せた技、あれはいったいどのような術じゃ。驚きいったぞ」

水野と新見は火の見櫓で外記の働きを見ていた。外記が向井屋敷に潜入してからずっと検分していたのだ。

すなわち、これは演習であった。

向井も側室も警固の侍も、水野や新見が用意した者たちである。もちろん、家斉の遺状も、である。

「あれは、わが菅沼家に伝わる術にて気送術と呼んでおります。息をととのえ、精気を丹田に溜め、一気に吐き出し敵を倒します」

外記が言うと、

「ほう、そのほうの家に伝わる秘伝の術か。恐るべき術よな」

水野はしきりと感心し、新見を見た。

「武器を使わぬどころか、拳すら用いぬとは……」

新見も目を白黒させている。

「菅沼、精気を丹田に溜め、一気に吐き出すと申したが、わしも鍛錬すればできるものか」

興味深々に水野は聞いた。

「むろんのこと鍛錬を積めば、習得できぬことはございませぬが、多忙を極める御老中職にあられては難しかろうと存じます」

丁寧な物言いで外記は返す。

水野はうなずき、

「なるほど、生半可な修練で習得できる術ではなかろうな」

「水野さまには、気送術の習得より遥かに大事な天下の政がござります。気送術を習得なさるのではなく、活用なされませ」

「うむ、よう申した」

頬を緩め答えると水野は、「この者に任せようぞ」と新見にぼそっとつぶやいた。

それから五日後、菅沼外記は新見に呼び出された。

外記は、黒羽二重の羽織、袴という出で立ちで、江戸城中奥の御側衆談部屋近くにある笹之間に入った。髭を入念に剃り、白髪まじりの髪を総髪に結っている。公儀御庭番は、将軍からの指令を、御側御用取次を通じてこの部屋で受ける。

「失礼いたします」

茶坊主が茶を持ってきて、襖（ふすま）近くで控えた。

外記は、茶碗の蓋を取った。茶柱が立っている。外記は、そのまま蓋を閉じると、茶坊主を流し目で見た。茶坊主はそっとうなずき、襖を開けた。

外記は、茶坊主に連れられ、廊下を大奥へ向かって歩く。

茶碗に立った茶柱は、指令を将軍家慶から直接申し渡されることを意味する。芝居がかったこの趣向を、御庭番の中には嫌う者もいた。もちろん、口には出さない。

外記は嫌いではない。将軍からの直接の指令という大きな役目を受ける前に、茶柱を見て心和（なご）ませるのは、悪いものではない。そんなことを思いながら御駕籠台（おかごだい）に入った。

御駕籠台は、上御鈴（かみおすず）廊下と呼ばれる大奥への出入り口の中奥側に設けられた昇降口だった。将軍は御駕籠台で御庭番を引見（いんけん）し、命令を伝える。このため、御庭番への命令は、「台命（たいめい）」と称された。

「まもなくお成りである」

控えていた新見がおごそかに告げた。

外記は、御駕籠台の外に出ると、濡れ縁に設けられた階（きざはし）を降りた。そこは、高い塀に囲まれた坪庭のような空間で、真っ白い玉砂利が敷かれている。玉砂利の上に竹箒が置いてあった。

外記は竹箒を左手に、玉砂利に正座し右手をついた。御庭番が将軍に拝謁する際、竹箒を手に持つということは慣例化されている。御庭番が本来庭の掃除番であるという建て前にもとづいたものだ。

朝日にきらめく玉砂利を見ながら控えていると、衣擦れの音がした。

「くるしゅうない。面を上げよ」

家慶の声がした。鶯のようなやさしげな声である。

「はは」

もちろん、軽々に面を上げ、将軍を仰ぎ見ることは許されない。外記はわずかに顔を上げ、樫の木でつくられた階に目をとめたのみである。

ところが家慶は、

「くるしゅうない。もそっと近う寄れ」

と、濡れ縁に腰を下ろした。

「ご上意のままにいたせ」

新見がすかさず言い添える。外記は、指令の重さを知った。すぐに、階のもとに膝行する。

「外記、見事な働きであったな」

家慶は、まず先日おこなわれた演習での外記の働きを賞賛した。

外記は、家慶の袴を見ながら聞いた。

「余は、あの演習、見事なし遂げることのできる者は、外記をおいてほかになし、と思っておった」

「もったいなきお言葉、身にあまる思いにございます」

外記が言うと家慶はひと呼吸置き、新見を一瞥した。新見は、濡れ縁を膝行し家慶のかたわらにはべり、外記を見下ろした。

「畏れ多くも上さまにおかれては、ご政道のご改革を断行なさる。八代有徳院さま（徳川吉宗）が断行された享保のご改革。白河侯（松平定信）が断行なされた寛政のご改革にも劣らぬ大改革となろう」

新見が言うと、

「越前が中心となりおこなう」

家慶は言い添えた。越前とは、老中首座水野越前守忠邦である。

「だが、大改革をおこなう前に、どうしても取り除いておかねばならぬ障害がある」

新見は声を励ました。

「畏れ多くも、亡き大御所さまの佞臣（ねいしん）がたですな」

外記が答えた。家慶も新見もニヤリとした。

佞臣がたとは、若年寄（わかどしより）林忠英（はやしただふさ）、御側御用取次（おそばごようとりつぎ）水野忠篤（ただあつ）、御小納戸頭取（おこなんどとうどり）美濃部茂育（みのべもちなる）などの大御所家斉の側近連中だ。彼らはおべっかを使って家斉に取り入り、君側（くんそく）の奸（かん）となって賄賂（わいろ）政治を横行させた。

「外記、余の心をよくわかっておるのう」

家慶は新見を見た。

「その佞臣がたに、政の場よりご退場願う」

新見は家慶に頭を垂れ、外記に視線を向けた。

「では、佞臣がたを束（たば）ねるお方に、まずはご退場いただく必要がございますな」

外記は、飄々（ひょうひょう）とした笑みを浮かべ、新見を見上げた。

「そうだ。向島（むこうじま）のご隠居に、真のご隠居になってもらわねばのう」

新見が言う向島のご隠居とは、元御小納戸頭取中野石翁（なかのせきおう）である。石翁は、養女お美代（みよ）の方を家斉の側室として大奥に送り込み、家斉のお美代の方に対する寵愛を背景に絶大なる権勢を築いた。

剃髪(ていはつ)し隠居した後も、大御所家斉が居住する江戸城西ノ丸(にしのまる)に出入りが許され、権勢を維持しつづけている。

「石翁をいかに追い落とす」

家慶は、謎かけのように聞いた。

「先日の演習を役立てたいと存じます」

外記は、にこやかに言上(ごんじょう)した。

「うむ。万事は外記に任す。しかと頼むぞ」

家慶は、立ち上がると踵(きびす)を返した。外記と新見は深々と頭を垂れる。

「金子(きんす)など必要なものについては、わしがなんとかいたす」

新見は外記に告げた。

「かしこまりました」

外記は平伏した。

朝日と鶯の鳴き声が降り注いでくる。

大役を与えられ、外記の丹田には大きな精気がみなぎってきた。

四

中野石翁の屋敷は向島にある。

大川(隅田川)を上り桜餅で有名な長命寺の先、寺島村の大川端に広がる広大な屋敷だった。石翁はここから屋形船で大川を下り、そのまま江戸城に乗りつけ、いつでも気軽に登城していた。

石翁邸の門前には、猟官運動にやってくる武士、大奥御用達を求めてやってくる商人があとを絶たず、そうした客を当て込んだ茶店、料理屋が立ち並ぶありさまである。

その茶屋に、外記の姿があった。宗匠頭巾をかぶり、地味な紺地の小袖、袖なし羽織、雪駄ばきという商家のご隠居然とした格好だ。

「ここの羊羹はなかなかじゃな」

外記は、かたわらで茶を飲んでいる、黒の十徳という外衣を着た男に笑顔を向けた。

村山庵斎、外記配下の御庭番である。小柄な外記とは対照的に、痩せた長身の男だ。口とあごに自前の真っ白な髭をたくわえている。外記より五つ上の五十四歳、三十年以上にわたる付き合いだ。

「まったく。おつな味ですな」

庵斎もうまそうにあご鬚をなでた。

外記は下戸で、大の甘党である。豊島町にある菓子屋大黒屋の羊羹をとくに好み、懐に忍ばせることも多い。

三月も半ばを過ぎ、大川の土手には満開の桜並木が並んでいる。川面が春の日差しを受け、まばゆく揺らめいていた。

「ひとまず覗いてみるか」

外記と庵斎は羊羹を味わい茶を飲み干すと、石翁邸に向かった。

石翁邸に関して、有名な逸話が残っている。

あるとき、国元から出府してまもない藩士二人が、長命寺に参詣に行った。帰り道、その先まで足を延ばし石翁邸に迷い込んだ。二人は、それを石翁邸とは知らず、広大な庭園が広がる場所とだけ認識した。

二人が庭園の中で迷っていると、立派な屋敷が目にとまった。屋敷の中に入ると女中が出てきた。てっきり料理屋と思い酒を飲んだ。よい機嫌に酔い勘定を払おうとすると、女中はお代はいらないと受け取らなかった。その代わり、二人の身元を確認した。

二人は、伊予松山藩の江戸勤番であることを告げ、辞去した。

藩邸に戻ると二人は、江戸というところは、あんな立派な料理屋でただで酒を飲ませてくれるのかと話した。すると、上役がこれを聞きつけ、二人が迷い込んだ料理屋が中野石翁の屋敷であるとわかった。

二人は、松山藩士であることを告げてきた。藩邸は大騒ぎとなった。さっそく、江戸留守居役が石翁邸を訪れ、藩士の無礼を詫び、金品を贈ったということである。

これは、当時石翁がいかに恐れられていたかを物語るものであるが、同時に石翁邸が開放的な屋敷であったことを示すものだ。

この日、外記と庵斎も屋敷の裏門わきの築地塀をよじ登り、屋敷の中に入ってみた。なるほど、広大な庭園が広がっている。江戸城の吹上御庭には及ばないものの、国持大名の下屋敷並みの規模と壮麗さを誇っていた。いや、壮麗という点では凌駕している。目にまぶしい青草の芝生が広がり、季節ごとの花、樹木が競うように植えられ、大小さまざまな形をした庭石、檜造りの数奇屋や茶屋が点在している。この贅を尽くした庭園の中にあっても、とくに外記と庵斎の目を引いたのは、

「鶴ですぞ」

庵斎が驚嘆の声を洩らしたように、大きな池に生息する鶴だった。

この時代、自邸の庭で鶴を飼うことができるのは将軍だけである。国持大名も御三家も

許されないのだ。大御所家斉の石翁に対する、いや、お美代の方に対すると言ったほうがいいか、寵愛をうかがうことができる。

外記と庵斎は樹木の陰から庭園をうかがった。数奇屋風の御殿が見えるが、豪壮(ごうそう)さゆえ、石翁の寝間や書斎の所在は容易にはつかめない。

邸内をうかがう外記と庵斎の前に、大勢の使用人たちがあらわれた。幔幕(まんまく)をめぐらせたり、茶屋を掃除しはじめたりした。

「花見の準備ですな」

庵斎の言葉に外記はうなずいた。

「花見に入り込もう」

外記はにんまりとした。


外記と庵斎は石翁邸の門前にある川魚料理の店に入った。

一階の小座敷で鯉(こい)の洗い、鯉こくを肴(さかな)に酒を酌(く)み交(か)わす、といきたいところだが、外記は下戸である。このため、酒は庵斎が飲み、外記は懐から大黒屋の羊羹を取り出し、番茶をすすった。

料理屋の女中の話から花見は明日催されること、花見には例年お美代の方も参加することがわかった。

「さあて、庵斎よ、どんな絵を描く」

外記は楽しげに言った。

庵斎もにんまりとあご鬚をなで、

「さしあたって、花見に潜り込む算段を立てねば」

手酌で猪口に酒を満たすと、視線を泳がせた。

「石翁の好物は羊羹ですな」

「そうじゃ、浅草新寺町、清水寺宝珠院門前の茶店の羊羹がことのほか好物だとか。わしは、大黒屋のほうが好きだがな」

石翁は外記と同様、下戸で甘党である。

「ですが、そのことは天下承知の事実。単に羊羹を持っていったところで、石翁にとっては、うれしくもなんともないでしょう」

庵斎は鯉こくを口に入れた。

「となると、お美代の方の線から近づくことか」

「わたしの出番ですな」

庵斎は目を細めると、「俳諧」とぽつりと洩らした。

「なるほど、お美代の方はこのところ俳諧に凝っておるとか」

外記の言葉に庵斎はうなずいた。

庵斎の表の顔は俳諧師である。大店の旦那衆のところや武家屋敷、寺社で催される句会に出向いては、俳諧の指南をしていた。

「しかし、お前の俳諧で通じるものかのう」

外記は首をひねった。

「なんの、これでござるよ」

庵斎は懐から巻物を取り出し、畳の上に広げた。外記には見慣れた、庵斎の手による日本俳諧師の師弟関係図である。

そこには、室町時代に活躍した山崎宗鑑を起点とし、江戸時代に入ってから松永貞徳、西山宗因、井原西鶴、松尾芭蕉、与謝蕪村、小林一茶の名が書き連ねられ、最後に、「村山庵斎」の名が記されていた。

著名な俳諧師の名が記されているが、そのあいだに聞いたこともない、もっともらしい名前が書かれている。作風も流派もばらばらの有名俳諧師を無理やりつないであるのだ。

大名家の系図と同様、もっともらしく偽造された系譜であった。

それを庵斎は句会に持ち込んでは、自分が日本の俳諧文化を正統に受け継ぐ者であると、口八丁手八丁で同席の者に信じ込ませてしまうのである。このため、村山庵斎はそれなりに江戸市中では知られた俳諧師であった。

「これを石翁やお美代の方に見せるのか」

「いかにも」

「こんなまがいもの、信じるものか」

外記が苦笑すると、

「新見さまの紹介状があれば、ともかく屋敷に入って石翁やお美代の方に会うことはできるはず。お美代の方に会いさえすれば、こっちのもの」

庵斎は自信満々である。

「まあ、このまま手をこまぬいているわけにもいかんからな。なんらかの動きをせねば。石翁失脚に追い込む工作をせねばのう」

外記はこう言っているが、すでに手を打っていた。

新見正路に依頼し、お美代の方に関するある噂（うわさ）を江戸城中にばら撒（ま）いてもらったのだ。

その噂とは——。

お美代の方が家斉とのあいだに産んだ娘、溶（よう）姫の子前田慶寧（まえだよしやす）を十三代将軍にするという遺言を、家斉が残したというものである。現将軍家慶の世子家定（せいしいえさだ）が十三代将軍を継ぐことは明白であるが、家定は虚弱体質だった。このため、将軍の重責を担えないという理由だ。
そして、それはお美代の方がねだって家斉に書かせた。家斉は、お美代の方にねだられ、
仕方なく遺言したというのだ。
外記は、おもしろい絵図になりそうだとほくそ笑んだ。

五

翌日、向島の石翁邸で催された花見は、例年どおりの盛況さではなかった。閏正月三十日に家斉が薨去しているのだ。石翁にも、四十九日も明けないうちに花見の宴を催すことの遠慮がある。

そこで、花見ではなく家斉を偲んでの茶会という名目にし、ごく身内だけでおこなうことにした。身内とはお美代の方、御側御用取次水野忠篤、若年寄林忠英、御小納戸頭取美濃部茂育のいわゆる佞臣たちである。

彼らは、石翁邸に行くとは言わず、長命寺に参詣するという名目で江戸城を出た。

石翁邸に一行が到着したのは、昼九つ（正午）である。

石翁邸では宴の準備を万端整え、彼らを迎えた。広大な庭園の中でもっとも桜を愛でる

ことのできる小高い丘に桃色の薄縁が敷かれ、朱傘が立てられている。石翁とお美代の方の席だ。

石翁は艶のいい坊主頭を春のやわらかな日差しに光らせ、満足げに微笑んでいた。太い眉、細い目、あごまで垂れ下がった耳、大きな鼻と口、といった大仰な顔を、それに負けない太い首が支えている。

でっぷりとした身体を錦の小袖、袴、絹の袖なし羽織で包んでいた。

お美代の方は、寄る年波か、家斉の死による悲しみのせいなのか、目尻に細かなしわが目立つようになっていた。とはいえ、遠目で見る分には、家斉を魅了した美しさはまばゆいばかりだ。満開の桜の下に端然とたたずむその姿は、妖艶な美貌を匂い立たせていた。

お美代の方は、金襴緞子の打掛に身を包み、侍女にかしずかれながら庭園の桜を愛でると、石翁が待つ席へと向かった。

その石翁とお美代の方の席を取り巻くように、佞臣たちの席が設けられた。今日は、お美代の方が来邸ということで、日ごろ列をなしている客の姿はない。

例年であれば、お美代の方には大奥の女中が大勢供に加わるのであるが、今日は中臈と女中十人ばかりである。笛、太鼓といった鳴り物も、将軍薨去などの場合に出される鳴物停止令のおかげで催すことができず、宴は粛々と進んだ。

陽気に浮かれ騒ぐといった楽しみがないため、ひたすら桜を眺めるしかない。ただ眺め、粛々と酒を酌み交わすには惜しい気がしてくる。とくに石翁は下戸であったから、ひたすら茶と菓子を飲み食いすることに退屈を感じていた。

そこへ、

「あの、ご隠居さま」

忠篤が石翁の足元に片膝をつき、

「申し上げておりました、俳諧師村山庵斎が参りました」

と、頃合いよく言上した。

石翁の入道顔がほころんだ。

「おお、そうか。ま、俳諧の一つをひねることくらい、かまわないだろう」

石翁は分厚い唇を動かした。お美代の方も鷹揚にうなずく。忠篤は頭を垂れ、足早に去っていった。

お美代の方はこのところ俳諧に凝っており、庵斎の名は大奥でも、つとに知られている。一度会って、ともに句をひねりたいと思っていたところだ。

しばらくして、宗匠頭巾、十徳に身を包んだ庵斎が外記とともにやってきた。外記も総髪を宗匠頭巾で隠し、紋付袴姿で大店の主人といった様子である。

二人は、薄縁の手前の芝生に両膝をつき、うやうやしく頭を垂れた。

「くるしゅうない、今日は見てのとおりの無礼講（ぶれいこう）じゃ」

石翁は柔和（にゅうわ）な笑みを浮かべ、じろりと外記に視線を走らせた。

それに気づいた庵斎が、

「これなるは、わが門弟にて京の菓子屋山崎屋（やまざきや）でございます」

と、紹介した。

「山崎屋五兵衛（ごへえ）にございます」

外記は、ひときわうやうやしい態度で頭を垂れた。

「そうか、山崎屋。うむ、近ごろ、評判の菓子屋だな。京よりはるばるよう参った」

石翁は上機嫌に言うと、

「盃を取らす」

「畏れ多いことながら、わたくし、まったくの下戸でございます」

外記は身をよじった。

「そうか、わしと同じじゃな」

「山崎屋の練（ね）り羊羹はことのほか美味じゃと、大奥でも評判ですよ」

お美代の方も目を細めた。

外記は石翁の前に袱紗包みを置き、

「山崎屋自慢の練り羊羹でございます」

にんまりした。

石翁もにんまりうなずいた。袱紗に包まれた黒漆の重箱の中には、もちろん練り羊羹だけではなく、多額の金子が入っていることは、言わずもがなである。

お美代の方の前にも外記は袱紗包みを置いた。

「お美代の御方さまにおかれましても」

「おお、これは、美味じゃ」

大の甘党の石翁は、さっそく練り羊羹を咀嚼している。

「それと、畏れながら、これは京よりの土産にございますれば、どうぞお受け取りくださりませ」

外記は石翁とお美代の方に笑顔を向けると、錦に包まれた小袋を渡した。

「これは、なんと雅な香じゃ」

お美代の方が打掛の袖を振った。

石翁も感嘆の声をあげた。

「近ごろ京で流行りし匂い袋かな」

石翁は包みを分厚い掌でもてあそびながら聞いた。お美代の方もしきりと袖を振り、香りを楽しんでいる。

「いえ、流行りものではございません」

外記はニッコリした。

「と、申すと？」

石翁はますます興味を抱いたようである。

「じつは、やんごとなき香木を焚きこめた匂い袋にございます」

「やんごとなき香木……」

外記は石翁の耳元ににじり寄った。

「畏れ多くも、蘭奢待でございます」

「これはなんと！」

さすがの石翁が驚いたのも無理はない。

蘭奢待といえば、東大寺正倉院に秘蔵された香木である。はるかシルクロードをたどって、八世紀ごろわが国に伝わった。

古来、蘭奢待の一部を切り取ることを望んだ者は数多いるが、許された者は稀である。足利義満、義教、義政、それに織田信長、明治天皇の名が残るだけなのだ。

信長は、足利義昭を京より追放し、浅井・朝倉を滅ぼした翌年東大寺におもむき、蘭奢待を切り取らせた。天下を掌握したことの象徴的行為としておこなったのである。それほどの香木なのだ。

石翁とお美代の方は顔を見合わせ、瞳を輝かせた。

「では、ご隠居さま、発句をいたします」

庵斎は短冊と矢立てを取り出し、

「桜咲く御世ぞとこしえ向島」

と、筆の運びもあざやかにひねり出した。

外記は思わず顔をしかめそうになった。

——相変わらずひどい句だ。

外記の懸念をよそに、

「おう、これは見事。御世とはわらわの名とかけておるのじゃな」

お美代の方が無邪気に微笑んだ。

「では、わらわも。『桜香る今日にもまして蘭奢待』」

「おおこれは。お見事な。さっそくに蘭奢待を詠み込んでおられるとは」

庵斎は大仰にうなずいた。外記も追従笑いをした。

「わしは、そうじゃのう。『風誘う桜にまさる御世の香り』、字あまりか」

石翁がひねった。

外記は、三人の句のやりとりを聞き、吹き出しそうになるのを必死で抑えていた。桜の花びらが風に運ばれてくる。青々とした芝が日差しを受け、まばゆく輝いている。あくまでのどかに過ぎゆく花見の宴だった。

六

その晩、というより、暁七つ（午前四時）になろうとするころ——。

外記は黒の着物、裁着け袴、覆面姿で、猪牙舟をあやつり大川を上っていた。行き先はもちろん、向島の石翁邸だ。

半月が暗黒の空にぽつんと浮かんでいる。頼りなげな月明かりを受け、外記とばつの姿が川面に墨絵のように浮かんでいた。墨を流したような川面には、外記があやつる艪がさざ波をつくっている。

外記は舟を石翁邸の船着き場につけた。船着き場には、巨大な屋形船がもやってある。障子の代わりに、戸にはギヤマン（ガラス）がはめ込まれている贅沢な造りだ。石翁はこの屋形船で江戸城に向かう。

外記は舟を桟橋にもやって、

「さあ、働いてくれよ」

ばつの頭をなでる。ばつは鼻を鳴らした。

外記は飛び上がって築地塀の瓦に取りつくと、塀の上を進み、裏門近くで飛び降りた。くぐり戸を開け、ばつを手招きする。ばつは軽やかに駆け寄ってきた。

着物の懐から匂い袋を取り出した。

昼間、石翁とお美代に献上した匂い袋である。蘭奢待などというたいそうな香木ではなく、浅草寺裏の奥山にある小間物屋で買い求めたいくつかの匂い袋を、混ぜ合わせてつくったものだった。

「ばつよ、この匂いだぞ」

ばつに存分に匂いを嗅がせた。

外記とばつは庭園に踏み出す。

闇と静寂におおわれた庭は、昼間のにぎわいがうそのようである。外記はばつに導かれながら庭を進む。広大な池で鶴が羽を休めていた。その白い姿が、月明かりにぼうっと浮かんでいる。

と、提灯のあかりが蠢いた。黒い人影が池に向かってくる。警固の侍のようだ。

侍は手丸提灯を手に、ときおりあくびを洩らしながらのんびりと歩いている。緊張感を欠いたその様子は、職務がら義務的に見回りをおこなっているとしか思えない。

外記は小石を拾うと、池の真ん中に投げた。

立った水音にぎょっとしたように侍は足を止めると、あたりを見回し池のほうへ駆け出した。

「なんだ、鯉か」

侍は自分を納得させるようにつぶやいた。

そのすきに外記とばつは池を迂回し、築山を登る。

石灯籠が妖しいあかりを敷石に投げかけている。敷石は御殿につながっていた。外記とばつは、敷石をたどり御殿に向かう。

檜造りの豪壮な御殿が、黒い巨塊となって外記とばつの眼前にあらわれた。

ばつは、これから自分たちが忍び込むことをわかっているかのように、吠え声ひとつたてない。足音も忍ばせるようにして濡れ縁に上がった。外記は草履を脱ぎ懐中に入れ、はだしとなった。

ばつに導かれ、御殿内を進む。

奥に向かって曲がりくねる廊下を息を殺しながら進んでいくと、一室の前でばつがちょこんと座り、尻尾を振った。外記はばつの頭をなでると、襖に手をかける。

そっと開けた。

中を覗く。

月明かりが差し込み、部屋を蒼白く照らした。部屋の真ん中で、石翁が錦の蒲団にくるまり寝息をたてている。

ばつは石翁の枕元にすり寄った。

どうやら石翁は、匂い袋を肌身離さず身に着けているようだ。

外記は闇に慣れた夜目で部屋中を見回した。十畳の寝間には外記が欲するものはなさそうだ。

隣室につながる襖を開けた。そこは、石翁の書斎になっていた。

——あったぞ。

思わず口を手で押さえた。視線の向こうに黒檀の文机がある。

外記は文机に歩み寄った。机の上には硯箱と手文庫が置かれている。引き出しを開ける。

美濃紙が入っていた。

——よし、これさえあれば。

外記は美濃紙を五枚取り出し、机に広げた。ついで、手文庫の中から印判を取り出す。筆の穂を硯箱の朱色の墨にひたすと印判に塗り、美濃紙に次々と印を押す。作業を終えると懐紙を取り出し、印判の朱色をていねいに拭った。印判を手文庫に戻し、しばらく印が乾くまで机の前に座っていた。

庭の樹木が揺れる音や蛙の鳴き声を夜風が運んでくる。夜風には、桜の香がほんのり混じっていた。

外記は、美濃紙を八つ折りにすると懐にしまい、

「ばつ」

と、声をひそめて呼びかけた。

外記とばつは廊下に出ると、元どおりに歩いていき、庭に出た。忍び足で走っていく。裏門にたどり着くと、ばつをくぐり戸から外に出し、戸を閉め閂をかける。ついで、身を躍らせ築地塀の瓦屋根に立った。

空が白みはじめた。

朝焼けが地平線の彼方に帯状に広がっている。

鶴が羽を広げ、池の上に舞い上がった。

外記は、暁の空を舞う鶴の美しさに心奪われる余裕もなく、石翁邸をあとにした。

明け六つ半（午前七時）になると、外記は浅草田原町三丁目にある庵斎の家を訪ねた。

庵斎は醬油問屋万代屋吉兵衛が家主の長屋に、独り住んでいる。五十四歳になるまで独り身を通していた。敷地には、二階建て長屋二棟、棟割長屋が一棟立ち並んでいた。

万代屋の瓦が朝日を照り返し、丁稚が数人、往来を忙しげに掃き清めている。砂ぼこりが舞い、紺地の暖簾がはためいていた。

外記は飄々とした足取りで長屋の木戸をくぐる。

棒手振りの納豆屋が外記の前を歩いていく。外記は、竹の皮に包まれた納豆を二つ買い求めた。路地を進み、二階建て長屋の一軒の前に立った。

戸のわきに、

「俳諧指南　村山庵斎」

と、立て看板がかけられている。

「お～い。じじい」

外記は腰高障子をとんとんと叩いた。すぐに、

「じじいとは、ご挨拶ですな」

庵斎のひょろっとした姿があらわれた。

「朝飯を食わせろ」

納豆の包みを外記は差し出し、中に入った。

「お越しになると思っておりましたので、飯は炊いてあります」

「とにかく腹が減った」

外記は上がり框に腰かけた。

「首尾は？」

庵斎の問いかけに、外記は懐から美濃紙を取り出した。

「なるほど、朝飯前ですな」

庵斎はうなずく。

外記は八畳間の真ん中にどっかと腰を据えた。まもなく、

「さあ、召し上がってください」

庵斎は、箱膳に山盛りのどんぶり飯と豆腐の味噌汁、茄子の漬物、納豆をのせ持ってきた。

「あ〜、腹減った」

ふたたびつぶやくと、外記は茄子の漬物を真っ白い輝きを放つ飯の上にのせ、夢中でかきこんだ。

「いつもながらの健啖ぶりですな」

庵斎は目を細めながら、外記の前に自分の食膳を置いた。どんぶりには、外記の三分の一ほどの飯しか盛られていない。

外記は、返事を返すのももどかしげに、小鉢に盛られた納豆を勢いよくかき混ぜた。

庵斎は可笑しげに肩を揺する。

「そっちのほうは？」

外記が言葉を発したのは、どんぶり飯を平らげたあとだった。

「お任せください」

庵斎は、外記のどんぶりを受け取り、飯のお代わりをよそった。

外記は受け取るとふたたび無言になった。庵斎はこの小柄な男のどこに大量の飯が入るのだろうとおのれの飯には箸をつけず、外記の健啖ぶりに目を見張った。

結局、外記はどんぶり飯を三杯、味噌汁も三杯胃袋におさめ、ようやく笑顔になった。

七

「どれどれ」

外記は番茶と練り羊羹を前に言った。

「ご覧くだされ」

庵斎は書付を持ってきた。石翁がお美代へあてたように装った偽物の手紙である。俳諧の短冊をもとに、石翁の筆跡をまねて庵斎が書いたものだ。

内容は、お美代の方に、孫・前田慶寧を十三代将軍にすることを家斉にねだれというものだった。

「うん、よくできている」

外記はうまそうに練り羊羹を頰張った。

「ありがとうございます。では」

庵斎は外記から渡された美濃紙を持ち、部屋のすみにある小机に向かった。

「だがな、欲をいえば、ちと上手すぎる」

外記は庵斎の背中から声をかけた。

「上手すぎる？」

庵斎は振り返る。

「うん、なんと申せばよいか」

外記はあごをなでながら、天井を仰いだ。

「これは、ごくごく内密に頼みごとを願う文じゃ。しかるにこの文字は」

外記は庵斎の偽文を指差した。

庵斎は外記に向き直り、覗き込んだ。

「ちと、伸びやかすぎるのじゃ」

外記は顔を上げた。庵斎は小首をかしげる。

「元ねたが元ねたじゃからな」

外記が言うように、元ねたは花見の席での俳諧である。桜の美しさを愛でる内容の句であるだけに、石翁の筆の運びははつらつとしている。

「ここは、もそっと密やかな気持ちを出さねばのう。そう、石翁の気持ちになって書いてみろ」

庵斎は腕組みした。

机の上には、庵斎の苦闘の跡である紙の束があった。横には、庵斎の七つ道具ともいえる小道具が並んでいる。

さまざまな穂の形をした筆、当時としては珍品である鉛筆、染料、くじらざし、向こうが透けて見えるほどの薄い紙、天眼鏡などである。

庵斎は短冊の上に薄い紙を敷き、石翁が書いた文字の外形を鉛筆でなぞった。それを、さまざまな穂先の筆を駆使し、文字に仕上げる。そして、写し取った文字と短冊の文字を、天眼鏡で一文字ずつ確認していった。

そのうえで、庵斎は数百枚もの紙を使って練習をくり返した。

そうやって石翁の筆跡のくせをつかんで文を作成したのである。

「わかり申した。やってみます」

庵斎は机に向かった。

「ああ、頼んだぞ」

外記は言うと、庵斎のそばを離れ部屋のすみに歩いていき、手枕をしてごろりと横になった。やがて、鼾(いびき)をかきはじめる。

庵斎は黙々と筆を動かした。

書き終えると気に入らないのか、紙をびりびり破った。舌打ちをして二枚目に向かう。

またも破く。

庵斎はそんな行為を昼までくり返し、

「う〜ん」

となると、外記に視線を向けた。

外記はのんきに寝息をたてている。

庵斎もごろんと仰向けに寝転がると、まどろみはじめた。

半刻（約一時間）後、庵斎は起き上がった。外記は相変わらず寝息をたてている。が、そんなことにはかまわず、庵斎は机に向かった。

筆を執る。

ふたたび書きはじめた。

庵斎の脳裏に石翁の風貌が浮かんでくる。さらには、石翁のこれまでの生涯、いまをときめく豪奢な暮らしぶり。庵斎は石翁の身になってみた。

いまの暮らしを失うことの恐怖、おのれの老い、そして大御所家斉への忠誠心、現将軍家慶に対する嫌悪の念と恐怖心。

――よし。

庵斎は猛然と筆をふるう。

紙の束がなくなっていく。

七つ（午後四時）を告げる浅草寺の鐘の音がした。

「うん、これならどうか」

庵斎は会心の笑みを浮かべた。

「これに書いてみよ」

いつのまにか、外記が背中越しに覗き込んでいる。

庵斎は笑顔を向け、

「はい。では」

目を瞑り大きく息を吸い込むと、筆の穂先を硯にひたした。

外記は黙って庵斎の背中を見詰めた。やがて、

「…………」

庵斎は無言で文を差し出した。外記は目を細め、視線を凝らした。

「もう一枚書いてみよ」

外記の言葉にうなずくと、庵斎は机に向かう。

ふたたび差し出す。

「もう一枚じゃ」

外記は静かに言った。

庵斎は逆らいもせず書く。

「もう一枚」

結局、庵斎は、外記が用意した五枚の美濃紙すべてに同じ文面の文を書き記した。

外記は、それらを畳に並べた。

夕陽が天窓越しに差し込んでくる。

棒手振りの魚屋の売り声が露地(ろじ)から聞こえた。

外記は、五枚のうちの二枚を取り上げ、茜(あかね)色の日差しに掲げた。庵斎はその様子をじっと見ている。

「これがよい」

外記は一枚を庵斎に差し出した。それは、庵斎が二枚目に書いた文だった。

「でかした」

外記の笑顔に、庵斎も満面に笑みを浮かべた。

「あとはこれをそれらしく見つけ出さねばのう」

ふたたび外記は腕組みをした。

「すぐに飯の仕度(したく)を」

庵斎が立ち上がると、

「よい。蕎麦(そば)でもたぐろう」

外記は勢いよく表に飛び出した。

八

　四月の一日。

　江戸城の吹上御庭は葉桜の季節を迎えていた。大御所家斉の薨去から三月がたち、鳴物停止令が解除された。衣替えの日でもあり、城中は華やいだ空気が流れている。

　が、その晩、変事が起きた。

　大奥長局の台所から出火したのである。長局には大奥の女中たちが住んでいる。四棟の長大な建屋が南から北へ立ち並び、南から順に一之側から四之側と称された。どの棟に住むかは身分によって異なり、年寄などの上流階層は一之側に一人で一部屋の待遇であった。

　それに対し、下層の女中が住む四之側は、三人から五人が相部屋で暮らした。

　火元は、一之側のお美代の方付中臈桂木の部屋の台所だった。さいわい、小火程度で鎮火されたが、大奥は大騒動だった。なにしろ、西ノ丸御殿が全焼したのはほんの三年前のできごとである。

　御側御用取次新見正路や水野忠篤が陣頭指揮に立ち、広敷役人総出で騒動に対応した。

お美代の方の身辺は女中や御庭番が厳重に固め、貴重な品々は吹上御庭に運び出された。結果的には大事にいたらずにすみ、鎮火を知らされると、みなの顔には安堵の表情が浮かんだ。中臈桂木は責任をとり、大奥を去ることになった。

騒動の翌日である。

向島のご隠居こと中野石翁は、豪華な屋形船で江戸城に登城してきた。火事見舞いである。

石翁はいつものように、茶坊主の案内で中奥西側にある御座之間に入った。将軍はここで御三家や御三卿、老中と対面する。石翁がこの部屋に入るということは、老中や御三家にも匹敵する待遇を受けていることを示している。

石翁は下段之間で太った身体をもてあますように正座し、襖の障壁画をぼんやりと眺めていた。上段之間には主たる将軍家慶の姿はなく、床の間を飾る三幅対の水墨画が目にあざやかである。

やがて、廊下から足音が聞こえた。石翁は背すじを伸ばした。

「これは、これは、ご隠居さま。わざわざのお越し、まことに痛み入ります」

襖が開き、新見が入ってきた。

「お騒々しいことでしたな。ま、大事にはいたらず幸いであった」

石翁は新見から視線を上段之間に向けた。新見は目ざとく、

「上さまにおかせられましては、お風邪をお召しになられましてな」

と、視線をさえぎるように言った。

「ほう、それは」

石翁はうなずいた。

「ところで、ご隠居さま」

新見はていねいな口調で石翁を見た。石翁も鷹揚にうなずく。

「御老中水野越前守さまがお話しいたしたきことがあるそうで」

「越前どのが？」

「昨晩の小火騒ぎに関し、ご隠居さまのご意見をお聞きしたい、と申されておられます」

新見はにこやかに言った。石翁は軽くうなずくと、

「よかろう。今後のこともあるからな」

立ち上がり、新見の案内で中奥東側にある老中控え所に向かった。

部屋には、水野と見知らぬ中年の侍が控えていた。中年の侍は異常に額が突き出ていた。

いわゆる、おでこである。

「石翁どの、これへ」

水野は自分の下座を指し示した。石翁は、わずかにむっとした表情を浮かべたが、すぐにつくり笑いで隠し、水野の前にどっかと座った。

左側に新見、右側に見知らぬ侍が石翁を取り囲むように座る。

石翁は太い首を曲げ、おでこの侍を向いた。

「御目付鳥居耀蔵でございます」

新見が言った。

「鳥居、……おお、そのほうが鳥居か」

目付は徒目付、小人目付を配下にもち、旗本、御家人の監察をおこなう職である。鳥居は三年前の天保九年（一八三八）本丸目付となり、二年前高野長英、渡辺崋山ら蘭学者を弾圧した「蛮社の獄」で名を轟かせていた。

鳥居は、蒼白い顔に笑みひとつ浮かべず、慇懃に頭を垂れた。

「ところで、美濃どのはいかがされた」

と、石翁は新見に聞いた。自分の意に適う水野忠篤がいないとなると、なんとなく落ち着かない様子だ。

「あいにくと、美濃どのも病に臥せっております」

「そうか」

と、うつむいたとき、

「昨晩の小火でござるが」

水野が切り出した。

「おお、そうであったな。越前どのはわしの意見を聞きたいとのこと」

いたたまれない気持ちを払拭するように、石翁は顔を上げた。

「ご隠居、これに覚えがござろう」

水野は、石翁の愛想笑いには無反応で、懐から一通の文を取り出し、石翁の前に置いた。

もちろん、庵斎が作成した偽文である。

石翁は怪訝な顔で文を広げたが、

「こ、これはいったい？」

と、脂ぎった顔に戸惑いの色を浮かべた。

「昨晩、小火騒ぎの折、お美代の御方さまのお文箱を御庭番が運びだしたとき、蓋が開き出てきた文である」

水野の口調からは、石翁に対する畏怖も畏敬もまったく感じられなかった。

「そんな馬鹿な。わしがこんな文を書くはずがない。謀じゃ。それに相違ない」

石翁は額に汗をにじませた。

「中野石翁、そのほうの取り調べをこれよりおこなう。控えい！」

と、水野は甲走った声を出し鳥居を見た。鳥居は石翁の前に座り、

「役儀により言葉を改める」

冷たく言い放った。

「おのれ、たばかりおって」

石翁は新見を睨みつけた。新見は能面のような顔で黙っている。

襖が開けられ、茶坊主が屏風を運んできて、石翁のまわりに立てられた。まるで罪人扱いである。

「中野石翁、これを見よ。よもや覚えがないなどとは申すまい」

鳥居は、書付の束を石翁に向かって放り投げた。石翁は手に取らなかった。見るまでもなく、自分が書いた文書であることは明白である。じつは、石翁の留守中、鳥居配下の徒目付が石翁の屋敷から押収してきたのだった。

「これらの書付とこの文」

鳥居は文と書付の一通を畳に置いた。

「どこから見ても、同じ文字に同じ印判ではないか」

「…………」

石翁は言葉を返すことなく、鳥居の背後にいる水野を見ている。

「さて、そのほうが書いたこの文であるが、畏れ多くも将軍家ご継承という天下の一大事をお美代の御方さまに指図するとは、御公儀に対する謀反である」

鳥居は傲然と言い放った。

「謀反、謀反とはいささか言葉が過ぎよう」

石翁は巨軀を揺すった。

「ともかく、このような大それた文をお美代の御方さまに宛てたのだ。放ってはおけん」

水野が言った。

「まったく身に覚えのないことじゃ」

石翁は野太い声を出した。

「中野石翁、おって沙汰が下るまで屋敷にて蟄居いたせ」

水野が言うと、襖が開き茶坊主が数人入ってきて、石翁をせき立てるように取り囲んだ。

石翁は、

「おのれ、見ておれ。このままではすまぬぞ」

入道頭からあごの先にいたるまで朱色に染め、水野を睨み、部屋から出ていった。

部屋を沈黙がおおった。それを破るように、

「では、上さまに言上申し上げます」

新見が退出した。

「いよいよ始まるぞ。これは大改革の狼煙だ」

水野は鳥居に切れ長の目を向けた。鳥居は頭を垂れた。


新見は御駕籠台で待っていた家慶の前に両手をつき、

「上さま、上々の首尾でございます」

と、石翁弾劾の様子を報告した。

「うむ、でかした。外記もようやった」

家慶は階の下で控える外記に言った。

「恐悦至極にございます」

と、外記は満足感で心を満たした。

「これを潮に残る者どもの掃除もな」

家慶も、満足げな笑顔を新見に向けた。

「御意。あとの者は、向島のご隠居がいなくなればただの人。たやすきことでございます」

新見も上機嫌である。

葉桜にわずかに残った桜の花びらが、寂しげに風に舞い、外記の肩に取りついた。不如帰(ほととぎす)の鳴き声が心和む昼下がりである。


そのころ、中奥の老中控え所では水野と鳥居が向かい合っていた。

「水野さま、佞臣どもの始末をつけたあとですが」

鳥居は、薄い唇(くちびる)をぼそぼそと動かした。水野の目が光った。

「向島のご隠居を追い込んだ御庭番の口を」

鳥居は唇に人差し指を立て、おでこを光らせた。

「……そうじゃな。用心に越したことはない。そのほうに任せる」

水野は書類を決裁するような冷静さで、断を下した。

第二話　外記暗殺

一

四月十五日になった。

浅草田原町三丁目にある村山庵斎宅の戸口で、ひときわ吠える犬がいた。

――うるさいのう。せっかくよい句が浮かびそうになったのに。

庵斎は行灯に近づけた短冊と筆を置くと、土間に立った。

犬の吠え声はやまない。それどころか、庵斎の気配に気づいたのか、ますます吠え声の音量が大きくなった。その吠え声に、

「ばつか」

庵斎は心張り棒をはずし、戸を開けた。

ばつが舌を出し、庵斎を見上げている。

「どうした？」

聞くまでもなく、

「お頭がどうかなさったのか」

ばつの様子を見ればぴんときた。ばつは、庵斎の十徳の袖口を嚙んだ。

「わかった。ちょっと待ってろ」

庵斎は部屋に戻り、手丸提灯を持って外に出た。とたんに、ばつは露地を木戸に向かって駆け出す。

——お頭、いったいどうされた。

庵斎も追って夜道を走る。提灯にあかりを灯すのももどかしく、駆けに駆けた。

満天に輝く星と満月が、庵斎の行く手を照らしてくれる。五つ（午後八時）を回ったところだ。

庵斎は、ばつを追い蔵前通りを浅草橋に向かって走る。もう少し早い刻限であれば、吉原を目指す駕籠と行き違うところだが、いまはそれも少ない。たまにすれ違うのは、酔っ払いか、それを目当ての辻駕籠くらいだ。

ばつと庵斎は浅草橋を渡ると、両国西広小路に出た。

葦簀張りの茶店や床店、露天商、見世物小屋が立ち並ぶ江戸有数の盛り場も、この時刻になると店じまいをはじめ、名残惜しげな客と、早く片付けたい店の者との思惑が交錯する寂しげな場となっていた。

「ちょっと待ってくれ」

庵斎はさすがに息切れした。

浅草田原町から駆けづめである。いくら御庭番といっても息があがった。それに、庵斎は武術より風流をもって役立つという自負がある。もともと身体を張った仕事に自信がないのだ。

ところが、そんなことにはおかまいなく、ばつときたら、

「待ってくれ、頼む」

庵斎の悲鳴に振り向くどころか、西広小路を抜けると両国橋に向かって全力疾走(しっそう)である。

庵斎は肩で息をしながら、やっとのことで両国橋に到った。

すると、橋番所(はしばんしょ)で人だかりがする。ばつも番所の前で待っていた。

「あの、もし」

庵斎は胸騒ぎを覚えながら、番太(ばんた)になにか事件があったのかと聞いた。

「土左衛門(どざえもん)が上がったんだよ」

番太は、めんどくさそうに向こう岸を指差した。

「百本杭(ひゃっぽんぐい)あたりですかな」

庵斎は番太の指差すほうを見た。

「そうだよ」

番太が答える前に、ばつは両国橋を渡りはじめた。庵斎もあとを追う。

ばつと庵斎は、両国東広小路に出ると左に折れた。河岸に向かう。すると、人混みにぶつかり、

「どきな、どきな」

と、人を追い払う声がする。

このあたりは、通称百本杭と呼ばれている。江戸湾に向かって大川が曲がりくねり、川の流れが急であることから、多くの杭を打って岸壁を急流から守っているのだ。百本杭には、夜釣りをする釣り人も見受けられた。

庵斎とばつは、人混みをかき分け河岸に出た。筵をかぶせられた死体が見えた。かたわらに、八丁堀同心と岡っ引とおぼしき男がいる。同心がひょろっと痩せているのに対し、岡っ引のほうは小太りという見事なまでに対照的な二人だ。「どきな、どきな」とわめき立てていたのは、どうやらこの岡っ引のようだ。

ばつは筵の端をくわえた。

「こら、このっ！」

岡っ引がばつを追い払おうとしたが、庵斎は岡っ引を逆に払いのけ、死体にすがった。

「身内の者か」

同心が問いかけてきた。

菅沼外記は、灰色の小袖に袖なし羽織、軽衫袴を身に着け、仰向けに横たわっていた。目は閉じられ、総髪の元結がはずれてざんばら髪になっている。

庵斎は右手を取り、脈を診た。事切れていた。

「身内の者か」

もう一度同心が聞いてきた。

「懇意にしておる者です」

庵斎は悄然とした顔を同心に向けた。

「と、申すと」

同心は、外記と庵斎の名前と身元を確認してきた。

「この方は、根津門前町の武家屋敷に住む元御家人で青山重蔵どのと申されます。拙者は俳諧師の村山庵斎、青山どのはそれがしの門弟でござる」

外記はふだん、元御家人青山重蔵を名乗って市井に溶け込んでいる。御家人株を裕福な商人に売り、得た金で余生を送っているということにしていた。

「そうか、わしは南町の定町廻りで田岡金之助と申す。この者は」

田岡が十手で岡っ引を指し示すと、

「おらあ、本所相生町で十手をあずかる伝吉、通称すっぽんの伝吉だ」

と、そっくり返った。

あとでわかったことだが、伝吉の通称はすっぽんのようにしつこい、というのではなく、女房にやらせている小料理屋の名物がすっぽん鍋であることからついたあだ名だった。

「で、青山どのにお身内はおらんのか」

田岡は外記の遺体に筵をかぶせた。ばつはおとなしく外記の横に座っている。

「娘さんが一人おります」

「そうか。で、娘は？」

「青山どのと同居しております。お勢さんと申されまして、常磐津節の師匠をなさっておられますな」

「ほう、常磐津か。そいつは……」

おつだね、と言いかけて伝吉は口をつぐんだ。

「よし、これで仏の身元はわかった。引き取っていきな」

田岡は、役目は終わったとばかりに安堵の表情を浮かべた。

「はい、そうさせていただきますが、青山どのの死因はなんでございますか」

庵斎は聞いた。

「大川に落ちて溺れたんだ。どっか上のほうで夜釣りでもしてたんだろう、どこも怪我はねえからな」

伝吉が答えた。

「しかし、青山どのは水練のほうは達者であったのですが」

「酔っ払ってたんだろ」

伝吉はうっとうしいようだ。

「いいえ、そんなはずは。なにせ、青山どのは下戸ですからな」

庵斎は田岡に言った。

「下戸にもかかわらず飲んだから、悪酔いして川に落っこちたんだろ」

伝吉が口をはさんだ。

「ふうん、ちと妙だな」

さして関心なさげに田岡が返したとき、突然ばつが吠えた。

ばつは、庵斎の袖口を嚙み外記の遺体に導いた。ついで外記の右手をなめはじめた。庵斎は外記の右手を握りしめた。脈のない右手を握りしめているうちに、

「ともかく仏を家まで運びます」

と、顔を上げた。

「そうしてやりな」

伝吉は、厄介払いができたと思ったのか、声をはずませた。田岡は、納得がいかないようだったが、ともかく遺体を引き取らせることにした。

庵斎は、田岡と伝吉に手伝ってもらい、伝吉が用意した大八車に外記の遺体を乗せ、筵をかぶせた。

「どうも引っかかるな。一昨日からたてつづけに、三人目だぞ」

大八車を引く庵斎の背中で田岡の声がした。

夜空には、満月と星が無情に輝いている。

ばつは、外記のそばにいることがうれしいのか、尻尾を振ってついてきた。

二

外記の住まいは、根津権現の門前町近くの武家屋敷の一角である。このあたりは、御家人屋敷が雑多に立ち並んでいる屋敷町だ。外記の表の顔は御家人青山重蔵であることから、ふだんはこの御家人屋敷に居住している。

単に居住しているだけではなく、一人娘のお勢が常磐津の師匠であることから、稽古所にもなっていた。

百坪ほどの敷地には、二階建ての母屋のほかに長屋が建てられていた。長屋を常磐津の稽古場とし、母屋の一階はお勢の住まい、二階が外記の隠居所である。

住んでいるのは、外記とお勢、それにばつだけである。ほかに、通いの使用人が二人いた。

夜の帳が下りた木戸門をばつが走り抜けた。庵斎が肩で息をしながらそれにつづく。母屋から聞こえた三味線の音が鳴りやんだ。

と、格子戸が開き、

「おや、村山のおじさま」

お勢が顔を出した。

薄紅の小袖に紺の帯を締め、島田髷にべっこうの櫛と笄を小粋に挿している。色白の瓜実顔にととのった目鼻立ちの美人だ。力強い眼光が気の強さと、きっぷのよさを感じさせる。

いわゆる小股の切れ上がったいい女、というやつだ。

お勢は、外記が辰巳芸者に産ませた娘である。外記に正妻はない。

幼いころから芸事が好きで、芸者である母と深川の町地に住み三味線を仕込まれた。

母はお勢が十歳のころ、流行り病で死んだ。独りぼっちとなったお勢を外記が引き取り、
この屋敷で生活するようになったのだ。

こうした生い立ちから、お勢の口調には武家言葉と町人言葉が微妙に入り混じっている。

「お勢ちゃん、大変だ。お頭が」

庵斎は大八車を止め、筵を見た。

「まさか」

お勢は、下駄をはくのももどかしい様子で、はだしのまま駆け寄った。庵斎がそっと筵をまくった。

「そんな……どうしたの、父上」

お勢は呆然と立ち尽くした。

「ともかく、わしは菅沼組を呼んでくる。通夜の仕度を頼むぞ」

庵斎は闇の中に溶け込んだ。

お勢は庵斎を呆然と見送ると、

「死んじまったの。父上。なんで？　馬鹿だよ」

と、外記の遺体を見下ろした。涙すら出てこない。

外記の死が現実として受け止められないのだ。

それは、ばつも同じと見え、外記の大八車のそばでごろんと横になり、すやすやと寝息を立てはじめた。


一刻（約二時間）後、外記の通夜がどうにか執りおこなわれた。

通いの使用人、仁吉と粂の夫婦が大急ぎで駆けつけ、悲しむひまも余裕もなく通夜の準備に務めた。二十畳の稽古場に蒲団が敷かれ、外記の遺体が横たえられた。

急なこと、しかも夜半ということもあり、通夜には近所の御家人、お勢の門弟が数人、それに外記配下の菅沼組の御庭番が加わるのみのささやかさだった。

やがて、身内、すなわち外記の部下たちだけが残った。

「さあ、みんな」

お勢は、涙ひとつ見せていない。終始毅然と通夜を執りおこなった。

菅沼組の連中はみな、顔を伏せ涙にくれている。

「父上にお別れを言っとくれ」

お勢が声をかけると、

「真中さんから」

庵斎が言い添えた。若い浪人が進み出た。

真中正助、相州（相模国）浪人である。歳は二十五歳、目元涼やかな、なかなかの男前だ。関口流宮田喜重郎道場で師範代をしていた。関口流は居合の流派だが、血を見ることが苦手とあって得意技は峰打ちという少々変わった男である。

「お勢さん、謹んでお悔やみ申す」

真中は頭を垂れた。

お勢は会釈を返す。

「お頭、長きにわたるお役目、まことにご苦労にございました。どうぞ、ゆっくりお眠りください」

真中は、静かに両手を合わせた。その真摯な態度が列席者の悲しみを誘った。

庵斎はうなずき、

「小峰」

庵斎に呼ばれた男は、口とあごに真っ黒な髭をたくわえた中年男である。庵斎と同様、髪は総髪、身に着けているのは十徳だ。

「お勢ちゃん」

小峰春風は両手をつくと、悔やみの言葉を述べ涙ながらに、

「こんなお願いをしては、不謹慎と叱られるかもしれませぬが、お頭の思い出を残したいのです」

お勢と庵斎を見た。

「そうね。父上も喜ぶと思うわ」

お勢は笑みを浮かべた。春風の表の顔は絵師である。

「父上、春風さんが絵に描いてくれるって。いいでしょ」

お勢は外記にやさしく語りかけた。春風は外記のかたわらに座り、絵を描きはじめた。

「では義助」

庵斎から義助と呼ばれた若い男は、物入れのついた紺の腹がけに半纏、股引を身に着け、背中には、「魚助」と記されている。棒手振りの魚屋だ。いや、魚屋に身をやつしている。

「へい」

義助はすっかり魚屋が板についていた。

「お勢姉さん、庵斎のお師匠さんも、ほんと、なんて言ったらいいのか。あっしゃ、ほんとびっくりしましてね」

義助は、頭を上下に動かしながら語りはじめた。

「だってそうでしょ。昨日まで、お頭、ほんとに元気でね。ええ、あっしが届けた鯖をうまそうだなんてね。そんでもって、初鰹が楽しみだなんておっしゃってね」

義助は涙をぬぐうと、

「ここだけの話ですがね。あっしは、お頭が亡くなったって聞いたとき、こら、ひょっとして、あっしが届けた魚に当たったんじゃねえか。いえね、このあいだもあったんですよ。あっしじゃありませんがね。仲間の魚屋が届けた鯖に糊屋の婆さんが当たっちまいましてね。それで、こらひょっとして、お頭も、ってね」

庵斎が顔をしかめるのもかまわず、

「それが、そうじゃねえってわかったんで、ほっとしたんですよ」

義助が言い添えた途端、

「悔やみになってないよ」

お勢はぴしゃりと義助の額を打った。

義助はぺこりと頭を下げると、わきにどいた。

「一八」

庵斎にうながされ、通夜の場には不似合いに派手な小紋の小袖に色違いの羽織、一見して幇間といったなりをした年齢不詳の男が進み出た。

一八は目を真っ赤にして、

「まったく、とんだことで」

お勢に向かって深々と頭を下げると、

「お頭といえばですよ。ほんとに穏やかで、まるで仏さまみたいなお人ですよ。その仏さまみたいなお人が……仏さまになっちゃった。いや、その、なんですよ、これから、いろいろとあると思うんです。そのときは、一つ何して、何しますんで、その、なんでも、言いつけて……ごめんなさい」

一八はぺこりと頭を下げた。

「なに言ってるんだ、おまえは。訳わからんよ」

庵斎は首を振った。

「へえ、すんません」

一八は両手を合わせて引きさがった。

そのとき、

「ひえ！」

春風が悲鳴を発し、筆を落とした。

「どうした」

庵斎が問いかけるまでもなく、みなの視線が春風に集まった。

「う、動いたのです」

春風は外記の遺体を指差した。

「まさか、そんな」

真中は否定したが、外記の遺体は動いたどころではなかった。なんと、

「がははははっ」

愉快に笑ったかと思うと、半身を起こしたのだ。

三

「お頭、早まっちゃいけない」

一八が尻餅(しりもち)をついたまま後ずさりした。

「そそっかしい幽霊もいたもんだ」

義助も腰を抜かした。

「馬鹿者、よく見ろ」

外記は蒲団の上でぴょんと跳(は)ねると、両足を突き出した。

「なるほど、たしかに足がある」

一八と義助は顔を見合わせた。春風も横からしげしげと眺める。

「いやだ。父上、冗談にしては質が悪過ぎますよ」

お勢は頰をふくらませた。

「すまん」

外記は蒲団の上で胡坐をかくと、

「おい、腹が減った。なにか食わせろ」

お勢に言った。

「その前に、ちゃんと説明してくださいな」

お勢が顔をしかめると真中も、

「お頭、われら心底悲しんでいたのですぞ」

一同を見回した。庵斎以外は、みな一様にうなずいた。庵斎は外記の死体の右手に触れたとき、外記から合図を受けた。屋敷に向かう途中、通夜をおこなうよう指示されたのだった。

「悪かった。まあ、説明するが、ちと長くなるでな。頼む、茶づけを一杯だけ食わせてくれ」

お勢に向かって外記は両手を合わせた。

「しょうがないわね」

お勢は手早くどんぶり飯とたくあんと茶を用意した。

「すまんな」

外記は、飯に茶をかけ、たくあんをぽりぽり噛むと、勢いよく飯をかき込んだ。あっというまにどんぶり飯を平らげ、

「ふ〜う、生き返った」

笑顔を見せるとお勢が吹き出し、それを合図に部屋が爆笑に包まれた。


その日の昼のことだった。

御側御用取次新見正路から外記に連絡が入った。

今回の外記の働きに対し、老中水野忠邦が褒美を取らせるというのだ。ついては、柳橋の料亭吉林に来るようにという。

しばらくして、外記はばつを連れ、吉林に向かった。普段着でよい、という使者の口上だったので、灰色の小袖に袖なし羽織、軽衫袴という気楽な格好である。

吉林は、神田川と大川が交差する柳橋のたもとにある高級料理屋だ。外記は、門口を通

ると女将に出迎えられた。ばつを裏庭で遊ばせ、女将に奥座敷に案内された。

奥座敷は、庭に面した十畳間だった。庭には築山、池、石灯籠が配されている。もちろん、中野石翁の屋敷の庭園に比べればまるで箱庭であったが、よく手入れされた枝ぶりの松や、錦の帯のように泳ぐ鯉の群れは、一見の価値がある。

あたりに夕陽がさし、わずかに残った桜の花びらを茜色に染めていた。大川から渡ってくる川風に若葉が香っている。庭は、晩春から初夏に向かうたたずまいを見せていた。

「失礼つかまつります」

外記が障子越しに挨拶すると、

「入れ」

甲高い声がした。女将が障子を開け、外記は目を伏せたまま座敷に入った。

黒羽二重の羽織、袴の侍が待っていた。水野ではない。

「よう参った」

侍はにこやかに声をかけてきた。すでに、膳がととのえられている。侍は床の間を背に、端然と座っていた。

「菅沼外記にございます」

外記は頭を垂れた。

「飯田さまには、三日つづけてのお越し、まことにありがとうございます」

女将は両手をつくと座敷から出ていった。

この料理屋は水野御用達なのだろう。

「堅苦しい挨拶は抜きじゃ。わしは、水野さま用人飯田三太夫である。さあ、まあ、一杯」

飯田は、盃を差し出した。

「あいにくと」

外記は自分が下戸であることを詫びた。

「そうか、下戸でよく御庭番がつとまるな」

飯田は妙な感心を示した。

「その代わり……」

断ると懐中から大黒屋の羊羹を取り出し、うまそうに食べた。

「ならば、存分に食せ」

飯田は女中に料理を運ばせた。

「殿におかれては、そのほうの働き、たいそう感心されてのう」

「もったいないことで」

言葉とは裏腹に、外記は料理を片付けていく。

「それで」

飯田は包み金一つ、すなわち二十五両小判を、

「殿よりの褒美じゃ」

と、外記の前に置いた。

「遠慮なく」

外記は袖に入れた。

しばらく談笑がつづいた。談笑のなかで、石翁をはじめ家斉の佞臣たちが次々と罷免(ひめん)、出仕停止になることがわかった。

「石翁は出仕停止のうえ、屋敷を没収じゃ」

飯田は頬を火照(ほて)らせた。

「あれほどの権勢を振るっておられた御仁(ごじん)が」

外記は、花見や忍び御用の際に見た向島の豪邸を思い浮かべた。

「本来ならば、もっと重き処罰が与えられるはずであったが、お美代の御方さまより、上さまに嘆願(たんがん)があってな」

「お美代の御方さまと申せば、御方さまはいかが相成るので」

外記は蒔絵銚子を差し出した。飯田は外記の酌を受けながら、

「お城から立ち退かれることになった」

と、気持ちよさそうに飲み干した。

「佞臣がたはすべて退場になられるのですな」

「そうじゃ。佞臣掃除は終わった。これからは、わが殿が中心となり、幕政のご改革に着手なさる。われらも忙しくなる」

飯田は気を引き締めるようにあごを引いた。それから、

「そのほうにも、ますます働いてもらわねばならん」

と、蒔絵銚子を持ち上げたが外記が飲めないことを思い出し、自分の盃に酒を注いだ。

外記は軽く頭を下げた。

飲食がつづき、六つ半（午後七時）ごろ、

「では、これにて」

飯田は立ち上がった。

外記は飯田を吉林の玄関まで見送った。駕籠が待っていた。ばつが駆け寄ってくる。

「では、水野さまによしなにお伝えくだされ」

外記は駕籠に乗り込もうとした飯田に頭を下げた。

ばつは飯田を見上げ、低くうなり声をあげた。

外記は、ばつとともに柳橋に向かった。柳を揺らす夜風に頬をなでられながら悠然と歩いていくと、またもばつがうなる。

背後で猛烈な殺気がした。

四

振り向くこともなく外記は走り出した。

背中で刃が空を斬る音がする。外記の前に黒い影が三つあらわれた。外記は丹田に精気を溜めようと、大きく息を吸い込んだ。

火薬のにおいがした。

次の瞬間、闇の中に轟音が響く。

間一髪、外記は身を躍らせると橋の欄干を飛び越えた。

外記が川に落下する音に、ばつの遠吠えが重なった。

「やったか」

「おお、間違いない」

男たちの声がし、やがて橋を去っていく足音が遠ざかった。

ばつは闇の中に外記の姿を捜し求める。

ばつも川に飛び込んだ。

そのころ、外記は神田川から大川に向かって泳ぎはじめた。襲撃者の目を逃れるため、上流に向かった。

——ここはひとつ、相手の計略に乗ってみるか。

外記は死ぬことにした。

そこへばつが追いついてきた。文字どおり犬かきである。

ばつは、うれしそうにひと声吠えると、外記を先導するように前を泳いだ。

身を切るような冷たさと、飲み込まれそうになる急流に抗（あらが）いながら大川の対岸を目指す。

両国の川開きまでは、まだ二月近くある。さすがに舟遊びに興じる客は見かけられない。ときおり行き交う荷舟のぼうっとした行灯のあかりが、漆黒（しっこく）の闇をちらちらと動いているだけだ。

対岸を見上げると、百本杭あたりに提灯のあかりが見受けられた。夜釣りの者たちであろう。

岸までは遠い。

流れは増すばかりだ。このままでは、飲み込まれてしまう。外記は、「落ち着け」と大きく息を吸い込み、気力をととのえた。

そのとき、ひときわ巨大な船影が近づいてきた。屋形船である。いまの時期に舟遊びとは酔狂（すいきょう）な連中だと視線を向けると、ギヤマン細工の障子戸が行灯のあかりに浮かんだ。

中野石翁の屋形船である。

向島の屋敷から立ち退いていくのだろう。外記は落日の石翁に同情することもなく、船の縁（へり）をつかんだ。ばつは外記の背中に乗った。

外記とばつは、屋形船とともに急流を乗り切り、百本杭の近くまで泳ぎ着いた。

外記は、河岸に半身をあずけ、うつ伏せに倒れた。

釣り人の声が聞こえた。

ばつが吠えはじめる。

「なんだ、うるさい」

「獲物が逃げるじゃねえか」

釣り人がうっとうしそうに様子を見にきた。

「おいおい。土左衛門だぜ」

「またかよ」

釣り人はうんざりしたように言った。

「今日で三日連続だよ」

うんざりした声を残し、釣り人は闇に消えた。自身番に届けるのだろう。外記は顔を上げ、

「ばつ、庵斎を呼んでこい」

と、命じた。ばつは、闇の中を駆け出した。

こうして、外記は庵斎がやってくるのを待ったのである。

仰向けに寝そべっていると、夜空には星が煌々と輝き、満月が異様に美しく映る。

——水野め、用済みとなったら口封じか。

外記の脳裏に水野の、才長けてはいるが、冷酷さを帯びた面長の顔が浮かんだ。

釣り人が今日で三日連続と言っていたが、土左衛門はおそらく自分と同じ、忍び御用を請け負う御庭番だろう。王子村の演習に参加した者たちにちがいない。

実際に石翁邸に忍び御用をおこなった自分ばかりか、演習をおこなっただけの連中までも口封じしたのか。念の入ったことだ。

新見さまはご存じなのか。

それと、上さまも——。

外記の脳裏に、水野に代わって家慶のやさしげな面差しが浮かんだ。

思えば家慶との交流は三十余年に及ぶ。

もちろん、将軍世子と一介の御庭番に人並みの交流などあるはずがない。家慶が将軍家世子として江戸城西ノ丸に在ったころ、庭で遊ぶ家慶を陰から警固していたにすぎない。

家慶は外記の姿を見つけると、うれしげな顔を向けてくれた。同じ歳という気安さと、外記によってもたらされる下界の情報に、ことのほか興味を示したのだ。

外記は家慶に町人が持っている独楽や凧をこっそり渡した。家慶は外記によって下界を垣間見ることが、なによりも楽しかった。

一度、ひそかに江戸の町を二人で散策したこともある。

家慶は外記にともなわれ、両国広小路や浅草奥山という江戸有数の盛り場をお忍びで見物した。見世物小屋、大道芸人、茶店、見るものすべてが新鮮で、刺激的だった。なによりも、そこにいる庶民の笑顔が忘れられない。

それ以来、家慶は外記をなにかと気にかけてくれるのだ。

よもや、そんな家慶が外記の命を奪うことを命ずるはずがない。たとえ水野から献言されたとしても、承諾するはずがない。

これは、自惚れなどではない、と外記は確信している。

——水野め、目にもの見せてやる。

邪魔者は虫けらのように殺す水野に対して、言いようのない怒りがこみ上げた。怒りで身体が火照っているせいか、下半身が水にひたっていても寒さを感じない。すると、

「旦那、こっちですぜ」

という男の声がした。

「おう、わかった」

御用提灯のあかりが近づいてきた。

外記は左半身を地につけ、左腕を隠すようにした。ついで、財布を丸め右わきに強く挟み込んだ。財布の中には、飯田からもらった包み金が入っている。その包み金が、よい具合にわきの下に挟まった。

こうすると、脈を止めることができる。脈を調べさせ、死んでいることを確認させる。そのため、右手をだらんと地面に投げ出した。

闇の中、しかも三日連続である。町方役人もうんざりしているだろう。ろくな検視はすまい。かりに検視をするにしても、その前に庵斎が来れば……。庵斎に自分をこの場から運び出させよう。

外記は密やかに呼吸を繰り返した。息を小刻みに鼻から吸い、口から吐き出す、を繰り

返す。徐々に呼吸を大きくしてゆき、丹田に気を溜めた。身体中に気が駆け巡り、生命の息吹が満ち満ちたところで大きく息を吸ってぴたりと呼吸を止めた。

菅沼流呼吸術の極意として、丹田に息を溜め、四半刻（約三十分）程度なら止めておくことは可能だった。

「土左衛門ですね」

岡っ引すっぽんの伝吉が、わかりきったことを言った。

提灯が近づけられた。

「店者か、気の毒に」

同心田岡金之助は、外記の右手の脈を診た。ついで、田岡と伝吉は提灯を手に屈み込んだ。

「外傷はないようだな」

田岡は伝吉に命じて、外記の着物の胸をはだけさせた。

「血も流れていないし。こら、どっか上のほうで夜釣りでもしていて足をすべらせたんだろう。で、ここまで流れ着いた」

田岡は結論づけた。

「財布がありませんねえ」

伝吉は、まさか財布が外記の右わきに挟まっているとは思わない。

「身元、わからず、か」

田岡はつぶやいた。

「また、無縁仏ですか」

伝吉はうんざりしたように返した。

野次馬(やじうま)が集まりだした。

「どきな、どきな」

伝吉がわめいたところで、ばつの吠える声がした。

息急(いきせ)ききった庵斎が駆けつけてきた。

「と、まあ、こんな次第じゃ」

外記は他人事(ひとごと)のように語り終えた。

「なんともひどいお方だ、水野さまってお方は」

春風がうめいた。

「ほんとだ、あんまりだ」

義助は畳を拳で打った。

「これからどうする？　父上はこのまま死んだってことにしたほうがいいのかね」

お勢はみなを見回した。

五

「そうしよう」

外記が答えた。

お勢はうなずいた。

「水野は、あと一人の口封じをおこなうはずじゃ」

王子村の演習は、外記を含め四人がおこなった。外記の土左衛門が三人目ということは、あと一人残っている。もっとも、外記以外の二人の土左衛門が御庭番かどうか調べる必要はあるが。

「二人の土左衛門の身元と、三人の御庭番の行方を調べてほしい」

外記が頼むと、

「わかりました」

庵斎がうなずいた。

「お勢、おまえはわしの葬式を出せ」

外記はお勢に向いた。

「わかったわ」

お勢が笑顔で応じると、

「頼むぞ、わしは派手好きじゃ。せいぜい派手にな」

「派手ねえ」

お勢は金を気にしているようだ。すると、

「金の心配ならいらん。ほれ、水野から香典をもらってあるわ」

外記は財布から包み金を出し、

「ちょうどよい具合に脈が止められた」

にっこり笑った。

「水野もまさかほんとの香典になろうとは、思ってもいなかったでしょう」

庵斎はにんまりと受け取った。

「まかせて、父上、よい葬式出しますよ。だから、おとなしく成仏しておくんなさいね」

お勢はぽんと胸を叩いた。

座敷が笑いで包まれた。

翌日、外記の葬儀がしめやかにおこなわれたころ、江戸城中奥の将軍御小座敷で新見が家慶に謁見していた。

「佞臣どもの処罰、とどこおりなく進めます」

新見は両手をついた。

「うむ」

家慶は鷹揚にうなずくと顔を引き締め、

「いよいよ、これからじゃな」

感慨深げに洩らした。

家慶、すでに四十九歳である。思えば、先代家斉の将軍在位、その後の大御所時代と、長期間にわたり忍従を強いられた。

家斉は十五歳で将軍となり、五十年にわたって君臨した。治世の初めの時期は、老中松平定信が将軍補佐役となり、寛政の改革がおこなわれた。このころは家斉自身が少年ということもあり、実権は定信が握っていた。

定信は幕府財政の立て直しのため、風紀を引き締めた。質素倹約、奢侈禁止令を発令し、田沼意次の積極財政策によって贅沢華美になった風潮を戒めた。

ところが、定信が幕政の表舞台から退陣し家斉自身も成人すると、老中首座水野忠成(ただあきら)をはじめ、家斉におもねる者たちがはびこっていく。その最たる者が、中野石翁をはじめとする佞臣たちだった。

家斉は、しだいに政(まつりごと)に対する関心をなくし、大奥での豪奢な暮らしに耽溺(たんでき)した。多くの側室をはべらせ、贅の限りを尽くした。

当然ながら幕府財政は傾いていく。それを、幕閣はたび重なる貨幣改鋳(かいちゅう)でしのいできた。その結果、諸物価は高騰(こうとう)し、庶民の生活は苦しめられた。

ふたたび、贅沢華美な風潮が世上(せじょう)に蔓延(まんえん)し、芝居、寄席(よせ)、江戸前の食べ物など江戸文化は隆盛をきわめた。文化(ぶんか)、文政(ぶんせい)期のいわゆる「化政(かせい)文化」が花開いたのである。しかし、幕府財政は逼迫(ひっぱく)していった。

そのうえ、外圧が年々増してきている。

日本の近海をロシア、イギリスといった国交のない国々の船舶がたびたび往来し、日本の領民とのあいだで揉(も)め事を起こしたり、幕府に開港を求めてくるようになったのだ。

こうした内外にわたっての憂慮(ゆうりょ)すべき事態にもかかわらず、家斉とその側近たちは江戸城の奥に在って、太平楽に豪奢に暮らしていたのだ。

家慶は、将軍世子として西ノ丸に居住し、こうした事態を憂(うれ)えていた。そんな家慶と同じ思いを抱いていたのが、当時西ノ丸老中であった水野忠邦である。家慶と水野は、家慶が将軍になったなら必ず幕政の改革を断行することを誓い合った。

ところが、家慶が将軍になっても、家斉は大御所として政の実権を手放さなかった。その暮らしぶりは、老い先短い自分の生を惜しむかのように、さらに華美なものとなっていった。

いつしか、家慶は家斉の死を願うまでになった。

そしてついに、今年の閏正月、家斉が薨去した。家慶にとっては、いや、水野にとっても、まさに捲土重来のときが訪れたのである。

そんな感慨にひたる余裕もなく、家慶はキッと唇を噛みしめた。

「上さま、越前どのより」

新見は一通の書状を差し出した。

「ぜひ、上さまに諸役人どもの前でご披露いただきたいと」

新見は両手をついた。書状は、水野がしたためた、改革断行を宣言する発令書だった。

「有徳院さま（徳川吉宗）がおこなわれた享保の改革、白河翁（松平定信）がおこなった寛政の改革の精神にのっとり、今回の改革をおこなうことを老中どもに宣言すればよいか」

家慶は新見に視線を向けた。

水野は改革を断行するにあたって、この改革があくまで将軍家慶の上意によりおこなうものであると、天下に周知徹底させようと考えたのである。

「御意」

新見も声を励ました。

家慶はしばらく水野の書状に視線を落としていた。新見は顔を伏せていたが、思い切ったように持ち上げ、

「上さま、じつは先ほど」

家慶は新見の奥歯に物がはさまったような口ぶりに、眉をひそめた。

「なんじゃ、はっきり申せ」

家慶は苛立たしげに言った。悪い知らせにちがいないことは、新見の表情を見ればわかる。

「菅沼外記が死んだとのことです」

「…………」

家慶は新見の言葉の意味が理解できないのか、視線を格天井に泳がせた。

「昨晩、夜釣りに出たところ、足をすべらせ大川に転落し、溺死したとのことでございま

す」

新見は、今度は明瞭な口調で言った。その表情を見れば、いい加減な噂話ではないことは明らかであったが、

「外記が溺れるなど、まさか、そのような」

家慶は、口に出さずにはいられなかった。

「外記の配下の者が知らせてまいりましたので、間違いはないと」

新見に知らせたのは庵斎だった。もちろん、外記の指示である。

「そうか、そうであったか」

家慶は脇息に身をあずけた。

しばらく重苦しい空気が座敷をおおった。

「これから、ますます働いてもらおうと思っていたのにのう。役に立つ男であったのに。惜しい男を……」

家慶は唇を噛みしめた。

「いまのお言葉、外記の配下の者に知らせてやります。外記も草葉の陰で喜びましょう。それに、外記にとりましても、上さまのご宿願である改革断行の幕開けにお役立ちできたこと、冥土(めいど)への土産になったと存じます」

新見が声を励ますと、

「じゃが、余は寂しいぞ」

家慶は立ち上がった。

六

その翌々日、日本橋馬喰町の旅人宿に外記の姿があった。

馬喰町は、一丁目から四丁目にいたるまで、旅人宿が競うように立ち並んでいる。どの宿も客引きに懸命だ。外記は、そのうちの一軒、二丁目の真ん中にあるみすぼらしい宿に泊まっている。上方の薬種問屋の隠居で、諸国漫遊をしていると称していた。

そこへ、庵斎が訪ねてきた。

庵斎は、やたらに愛想のよい女将に案内され、外記が待つ部屋に入った。二階の往来に面した六畳間である。女将には、あらかじめ一両小判を渡してある。用があるときは呼ぶから、気ままに過ごさせてくれと言いおいていた。

「ご隠居さん、お客さまですよ」

女将は陽気な声を出した。障子が開き、鼻の下とあごに白髪まじりのつけ髭、さらには白髪のかつらで変装した外記が笑顔を見せた。

「これは、庵斎せんせ、よう来てくれはって」

外記は顔中をくしゃくしゃにして、庵斎を部屋の中に入れた。ぽかんと口を開ける女将に、

「俳諧のせんせで村山庵斎はんや。有名なお人でっせ。お大名や大奥にもご指南に行かれてんのや」

と、紹介した。これから庵斎の出入りは頻繁になる。女将に不審の念を抱かせないようにしておくに限る。

「俳諧師、村山庵斎です。よしなに」

庵斎は正座したまま会釈した。

「ほう、そんな偉い先生が。ご隠居さんもたいしたお方だね。そんなたいしたお方が、よくうちみたいな安宿に泊まってくれましたね」

女将は笑顔を外記に向けた。

「気ままが一番や。銭使うて、高い宿泊まるのもええが、なにやら堅苦しゅうてかなんわ」

外記が言うと庵斎も、

「いかにも。よい句をひねるには、むしろこうしたひなびたところのほうがよい」

と、もっともらしくつけ加えた。

女将は、「ごゆっくり」と白粉がこぼれんばかりの笑みを残し出ていった。

「首尾は？」

外記は笑顔を保ったまま聞いた。

「百本杭に上がった土左衛門は、やはり御庭番でした」

庵斎は声をひそめた。

一階から女将の陽気な笑い声が聞こえてくる。往来からは、客引きと客たちのやりとりがにぎやかに聞かれた。

「古賀順斎、向山喜八郎の二人です」

やはり、王子村の演習に就いた者たちだ。

「すると、木暮元次郎は無事なのだな」

外記は演習参加者であったもう一名の同輩の名を挙げた。

「わかりません」

庵斎は差し入れの羊羹を差し出した。

木暮は、忍び御用をおこなう御庭番では新参者で、今年になって採用された。歳は三十路を迎えていないはずだ。

「所在が不明か」

外記は羊羹を頬張った。

「はい」

「木暮はたしか、下谷山崎町で町道場をいとなんでいたな。流派は東軍流」

木暮元次郎は東軍流免許皆伝の腕前である。東軍流はこのころ、人気のない流派だったが、戦国乱世の気風を伝える実戦的剣法を好む武士もいて、どうにか命脈を保っていた。

木暮は道場主を隠れ蓑にし、出稽古を要請されている大名や旗本の屋敷の内情を探り、忍び御用に役立てている。門弟にも配下の者たちを忍ばせていた。

「とにかく、この五日、姿を見せないとか。師範代の海野左門に会いましたが、木暮不在を気にしておらぬようでした」

庵斎は言った。

「木暮が道場を留守にするのは、役目柄、珍しくないからの」

外記は思案するように腕組みした。

「いまのところ、百本杭に土左衛門は上がっておりません。ま、必ずしも土左衛門になるとは限りませぬが」

「古賀と向山も吉林で接待されたのか」

「はい。お二方とも水野の用人飯田と会食したとのことです。古賀どのが十三日、向山どのが十四日でした」

庵斎は句会でたびたび吉林を訪れている。女将や知った顔の女中もたくさんいた。

外記は吉林の女将の言葉を思い出した。

飯田に向かって、「三日つづけてありがとうございます」と言ったのだ。あのときは、水野は吉林を贔屓にしているのだなと思った。

「いずれもその帰り道ですな」

庵斎がつづけた。

「酒に酔わせ、褒美を取らせ油断を誘い、か」

外記は顔をしかめた。古賀も向山も外記と同年輩である。二人とも酒が好きで深酒することもたびたびであった。

「十六日、つまりわしが訪れた翌日、吉林に木暮は来なかったのか」

「はい。飯田も来なかったそうです」

「木暮は五日前から道場を留守にしている。江戸にはおらんかもしれぬな。それで吉林には呼べなかった。忍び御用で遠国に行っているのか。それとも、どこかですでに殺されたか」

外記はぼんやりと往来を見下ろし、

「新見さまに確かめてくれ。木暮に忍び御用を命じられたかどうか、をな」

と、庵斎に視線を向けた。

庵斎はうなずいた。


そのころ、両国東広小路を北に入った本所藤代町の自身番では、南町奉行所同心田岡金之助と岡っ引すっぽんの伝吉が来客に応対していた。

田岡は六畳間で来客と向かい合った。来客は、

「御目付鳥居耀蔵さま配下、小人目付笹川新之助でござる」

と名乗る、筋骨隆々の日に焼けた男だった。小人目付は徒目付の下で探索業務にあたる者たちだ。

伝吉が茶を持ってきた。

田岡も伝吉も、目付鳥居耀蔵の名はよく知っている。「蛮社の獄」で高野長英、渡辺崋山という著名な蘭学者を摘発した豪腕ぶりは、町奉行所の役人たちも舌を巻いた。いまでは、老中首座水野忠邦の懐刀といわれている。

「本日、わざわざお越しいただいた御用向きは」

田岡も伝吉も、鳥居の名を耳にしただけで緊張の面持ちになった。

「去る十五日、百本杭に死体が上がったそうですが、その死体の身元をお教えくださりたい」

笹川は茶には手をつけず、田岡を見すえた。

「ああ、あの土左衛門ですか。ええっと、たしか」

田岡は板敷きで控えている伝吉を見た。

「旦那、根津の元御家人で青山何某とか言ってましたぜ。ほら、犬といっしょに土左衛門を引き取りにきた爺が」

伝吉が言うと、田岡は自分の手で額をぴしゃりと打った。

「そうだったな」

「たしかにその者、死んでおったのですな」

笹川は、田岡のおどけたしぐさには関心を向けず、事務的な口調で聞いた。

「はい。間違いございません。脈も調べました」

田岡は胸を張った。

「で、遺体はその犬を連れた男が引き取っていったのですな」

「はい、ええっと」

田岡は、部屋のすみで小机に向かっている書役に確認を求めた。書役は帳面を開いて持ってきた。

「引き取ったのは、浅草田原町に住む俳諧師村山庵斎、遺体は根津の元御家人青山重蔵でござる。遺体は青山の屋敷に運ばれましたな」

田岡は笹川に帳面を見せた。笹川は無言でうなずいた。

七

田岡と伝吉は、笹川の満足した様子にほっと胸をなでおろした。

「聞くところによると、十三日と十四日の晩にも死体が上がったとか」

笹川は、すでに冷めた茶を一口飲んだ。

「はい、たてつづけでした」

田岡も茶をすすった。

「二度あることは三度あるってんで、ひょっとして四度ありかなって思いやしたんでね。あっしゃ、青山さまのご遺骸が見つかった翌日から、百本杭で夜釣りして見張っているんですよ」

伝吉は四人目の土左衛門が上がらないのは、まるで自分の手柄と言わんばかりに胸を反らした。

「青山の他はいずれの遺体の身元も確認できなかったのですな」

笹川はあくまで冷静な口調である。

「はい。結局、身元不明で、回向院に無縁仏として葬りました」

田岡は帳面を指し示した。二人は、いずれも泥酔したうえで川に落ち溺死したと記されていた。

「酒を飲みながら夜釣りをしていたんでしょ」

田岡は覗き込んだ。

「なるほど、いや、邪魔をしましたな」

笹川は茶を飲み干し、立ち上がった。

「お役に立てましたかな」

田岡がにこやかに聞いた。

「十分です。鳥居さまにもご報告申し上げます」

笹川は足早に出ていった。

「なんで、鳥居さまが青山って御家人の土左衛門に関心をお持ちなのですかね」

伝吉が聞いた。

「いや、おれも気にはなっていたんだが、つい、聞きそびれてしまった」

——相手は、鳥居だ。うかつなことは聞けない。

それは、田岡も伝吉も同じ思いだった。

「旦那、知ってます？」

「なにを？」

「鳥居さまが南のお奉行さまにお就きになるって噂でさあ」

伝吉は笹川の後ろ姿を見ながら言った。

「そんな、いくら水野さまのお気に入りでも、御目付からいきなり御町御奉行に抜擢なんて」

田岡が言うように、町奉行に昇進するにはしかるべき段階がある。目付から普請奉行や京都町奉行、大坂町奉行といった遠国奉行をへて就任する者もいれば、勘定奉行をへて就任する者もいる。

つまり、出世を願う直参旗本にとり、町奉行は最終目標なのである。

しかし、

「いや、ひょっとしてひょっとするかもな」

田岡は笹川の背後に鳥居の豪腕を見、自然と身をすくめさせた。

笹川は自身番で得た情報をもとに、根津にある外記の屋敷に足を向けた。

この笹川こそが外記を襲撃した集団の首謀者である。笹川は外記を仕留めたと思っていたが、慎重を期する鳥居から、間違いなく死んだのか確認するよう命じられたのだ。

同じ御庭番の古賀や向山の死は確認できた。あの二人は相当に酒を飲んでいた。酒の中にはしびれ薬を仕込んでおいたので、二人を襲撃したとき、ほとんど戦えない状態であったのだ。

したがって、ことは容易に運んだ。

動けなくなった古賀も向山も手下を使って舟に乗せ、大川に漕ぎ出した。百本杭の手前で二人を逆さにし、川の中にひたして溺死させたのである。身元がわかるものは慎重に取り除いておいた。

ところが、外記は酒を一切飲まなかった。

仕方なく、帰り道を襲った。柳橋の両側から挟み撃ちにしようとした。外記の秘術である気送術を封じるため、短筒を使った。

番所の帳面の記載を読む限り、外記には弾丸が命中しなかったようだ。溺死したとなると、大川の急流に飲み込まれたのだろう。

――鳥居さまというお方、なんと用心深い、いや、猜疑心が強いと言ったほうが適当か。

笹川は外記の屋敷の木戸門に立った。「常磐津節指南　青山勢」という立て看板が掲げられている。看板に喪中の札が貼ってあった。木戸門のすぐ左手にある長屋が稽古所になっているようだ。

ともかく覗いてみるか。木戸門をくぐり、せまい庭を抜けると、

「御免」

と、玄関で言った。すぐに格子戸が開けられ、お勢があらわれた。

「拙者、御公儀小人目付笹川新之助と申す。青山どのとは懇意にしていただいた。ついては、お亡くなりになられたと聞き、線香を上げさせていただきにまいった次第」

笹川はていねいに言うと、頭を下げた。

「それはごていねいに」

お勢もお辞儀を返した。

喪中であるから常磐津の稽古はおこなわれていない。屋敷の中は、しんと静まり返っていた。

お勢は笹川を二階の座敷に案内した。そこは、外記が寝起きしていた居間だ。いまでは、そこに仏壇(ぶつだん)をすえ、外記の位牌(いはい)をまつってある。

お勢は灯明(とうみょう)をともすと、

「父上、笹川さまが会いに来てくださいましたよ」

わきで両手を合わせた。

「青山どの、笹川でござる」

笹川は外記の位牌を確認すると、両手を合わせ目を瞑(つむ)った。

「本日は、わざわざお越しくださいまして、父も喜んでおりましょう」

お勢は笹川に茶と草団子を用意した。が、

「あいにくと、お勤めがございましてな」

笹川は立ち上がった。

――用は済んだ。外記が死んだことは間違いない。

「そうですか、父の思い出など、物語りしていただきたかったのですが……」

お勢は名残惜しそうに言った。

「いずれゆっくり参ります」

笹川は、足早に階段を降りて玄関を出た。

とたんに、それまで庭でだらしなく寝そべっていたばつが、うなりはじめた。

「これ、ばつ。父上が懇意にしていただいた方なのですよ」

お勢はばつの頭をなでたが、ばつはうなりながら笹川を見上げている。

――あの晩の犬だ。厄介な犬め。おれのことを覚えているのか。

笹川はばつを一瞥すると、木戸門を出た。

足早に立ち去る笹川の背中を、外記の滞在している宿から戻った庵斎が見た。

「お勢ちゃん、あの侍は？」

「小人目付笹川さまですって。父上の知り合いなんて言ってたけど、おじさま知ってる？」

お勢はばつの頭をなでながら言った。

――間違いない、あいつだ。

庵斎はひそかに笹川を尾行した。

八

「外記どの、よくぞご無事で」

木暮は外記の前に座った。黒羽二重の紋付羽織袴という出で立ちだ。外記が滞在している旅人宿である。

夕暮れ時だ。外記の顔は、窓から差し込んでくる夕陽で茜色に染まっていた。

木暮が訪ねてきたのは、外記が呼んだためである。外記の指示で庵斎が木暮の道場に自分の所在と、訪問してほしい旨、書き記した書状を届けたのだった。

夕陽とともに、冷気を含んだ風が流れ込んでくる。

「ちと、冷えてまいったのう」

外記が言うと、庵斎が窓に立ち、障子を閉めた。

「いやあ、まったく、危なかった。ばつのおかげで命拾いした」

外記は、吉林の帰り道の襲撃の様子を語った。

「古賀どのといい、向山どのといい、お気の毒なことで。まったく水野さまという御仁、怜悧(れいり)なお方とは聞き及んでおりましたが、ここまでなさるとは」

木暮は首を振った。

「それで、貴殿の身が心配になり、こうしてご足労願った次第」

「それは、お気遣いかたじけない」

木暮は頭を下げた。

「どこぞ、忍び御用で遠国におもむかれておられたか」

「ええまあ」

木暮は言葉をにごした。

「これは失礼した。忍び御用は誰にも洩らせませぬからな。庵斎も新見さまにそれとなく聞いたのだが、このところ忍び御用はないと申されたそうじゃ」

外記は、「うかつなことを聞いた」と苦笑した。

「そうじゃ、酒でも酌み交わそう。と言ってもわしは知ってのとおりの下戸。手元に酒はない」

外記は、庵斎に酒屋で徳利酒を買ってくるよう銭を渡した。庵斎はにこやかに階段を降りていった。

外記のかたわらには、脇差とともに草団子が置いてある。木暮の土産だった。

夕闇が忍び寄ってきた。窓の障子にほの暗い影が差し、風にカタカタとふるえた。

外記は行灯に灯を入れた。

ぼんやりとした行灯に、外記の艶やかな顔が浮かぶ。

「外記どのはいつまでもお若いのう」

木暮は感心したように言った。

「なんの、寄る年波には勝てませぬ。大川を泳いだときも、あやうく溺れるところでござったわ。木暮どのはいくつになられた?」

「二十九でござる」

「お若いのう。で、相変わらず剣の修練に熱心であられるのか」

「そうですな。それればかりが取り得でございますからな。ですが、外記どのにはとうてい敵いますまい」

木暮は薄く笑った。

「そんな、謙遜を。こんな年寄りですぞ」

外記は身体を傾け、草団子に手を伸ばした。

そのとき——。

木暮は立ち上がりざま抜刀し、外記の脳天に振り下ろした。

木暮の刃は外記の脳天を切り裂く——はずだった。

ところが、刃は空を斬った。

勢い余って木暮は前のめりになった。次いで驚きの余り大きく見開いた目で外記を見下ろす。外記は正座をしたままだ。木暮の殺気を感じ取り、太刀筋を見切って、ほんの少し、身体を右に傾けたに過ぎない。

落ち着きを失わないどころか泰然自若として木暮を見上げている。

「なるほど、まだまだ修練が足りぬな」

外記は冷笑を放った。

「おのれ！」

木暮は目を血走らせ大刀を振りかぶった。

対して外記は右手で脇差の鞘を摑むと同時に抜刀し、正座したままの姿勢で横に一閃させた。剣を抜き放つというよりは柄杓で、水を撒くような日常の動作だ。ところが、木暮の胴が割られ、鮮血が飛び散った。

関口流居合術を学び、さらに外記が工夫と鍛錬を加えて編み出した剣法、「不動居合抜」である。剣を抜き放つ動作以外には、一切の動きをともなわない。制御された精気と強靭な足腰によって繰り出される剣は、相手に殺気すら感じさせない。

木暮は、幽霊でも見たように大きく目を剝き、大上段に大刀を構えたまま前のめりに倒れ伏した。

そこへ、庵斎が真中と一八を連れて戻ってきた。

「いつもながらお見事な腕前で」

「まだまだこんな若造には負けぬわ」

やはり、先ほど木暮に言った言葉は謙遜であった。

「木暮め、恥知らずなやつじゃ」

外記は脇差の血糊を懐紙でぬぐった。

木暮こそは、鳥居の小人目付を称する笹川新之助であった。

木暮は、鳥居から忍び御用をおこなう御庭番たちの始末を持ちかけられ、取り引きしたのである。すなわち、自分を登用する代わりに外記たちを殺すということだ。

木暮は姿を消し、古賀と向山の始末はつけた。ところが、外記を確実に仕留めたか心配だった。

鳥居は利用価値のある者はどんどん活用、いや、利用するが、そうでない者には容赦がない。外記殺しに失敗したとなれば、自分を用済みと捨て去る、いや、秘密を知りすぎたことで始末するだろう。

木暮は焦燥に駆られた。新米の木暮は、外記の表の顔や所在を知らなかった。そこで、同心の田岡を訪ねたのである。

「たまたまじゃった」

庵斎は真中と一八を見た。外記は木暮の亡骸を眺めやっている。

「わしがお頭の屋敷を訪ねると、木暮が出てきおった。すぐに、声をかけようと思ったんじゃが」

庵斎は木暮を見送るお勢の話から、不審を抱いた。

「木暮め、自分を小人目付笹川何某と名乗ったというではないか。それに、ばつのやつが木暮を見てやたらとうなり声をあげたという。これは、におうな、と」

「あとをつけたんですね」

一八は木暮の顔を覗き込んだ。

「木暮め、練塀小路の鳥居の屋敷に入っていきおった。わしは、すぐ、お頭に知らせた」

庵斎は外記を見た。

「恥知らずなやつよ」

外記は吐き捨てるように言うと、木暮を呼びよせるため庵斎に書状を持たせ道場に届けさせたことを話した。

「さぞや驚いたであろうよ」

外記は、自分がたしかに生きていることを木暮にわからせるため、襲撃の様子を克明に記した。

「泡を食ったでしょうな」

真中は鼻で笑った。

「鳥居という男、部下の失敗を許さない冷酷な男という評判じゃ。木暮のやつは、その鳥居に同志をだまし討ちにして取り入った。ところが、菅沼外記を仕留めそこなっていました、では、鳥居からの信用はがた落ちとなろう」

「木暮は、自分一人でお頭を仕留めようとやってきた」

庵斎は窓から外を見た。

「こう、うじゃうじゃと旅籠（はたご）が並んでいたんじゃ、大勢で押しかけてくるわけにはいきませんものねえ」

一八も窓から往来を見下ろした。軒を並べる旅人宿のあちらこちらから、宴会の声が聞こえる。往来は、今晩の宿を求める旅人と呼び込もうとする宿の者で満ちあふれていた。

「さあ、やるぞ」

外記は酒宴を張りはじめた。

こうなると、幇間である一八の独壇場（どくだんじょう）である。

なにも外記をよいしょする必要はないのだが、

「いよっ！　いよっ！　すごい」

と、外記の顔を扇子（せんす）であおぎ、さかんによいしょを始めた。もちろん外記は飲まない。

草団子を頬張り、番茶で流し込んでいる。

半刻（約一時間）ほどもたつと、みなほろ酔い機嫌となった。

「すんまへん、女将はん」

外記は階段から身を乗り出した。

「はあ～い、ただいま」

女将が陽気な笑顔で上がってきた。

「ちょっと盛り上がってもうて、すんまへんけど酒の肴、なんぞおまへんかな」

外記は頭をかいた。

「いいですよ。ありあわせの物でよかったら。お酒も用意しますね」

女将は枕屏風の陰に倒れている木暮の遺体に視線を向けた。

「まったく、飲みすぎですわ。やめときなはれ、って注意したんでっけどなあ」

外記は苦笑した。真中が「しょうがないな、侍のくせに」と木暮に屈み込んで、

「大丈夫か、ええ？　だめ、ま、少し寝てろ」

と、芝居を打った。女将は笑顔のまま階段を降りていった。

五つ（午後八時）になり、あたりを漆黒の闇が包んだ。

外記は、庵斎たちに木暮の遺体の始末を頼んだ。真中が木暮を背負い、

「まこと、だらしないやつだ」

と、女将に挨拶し宿を出た。女将は、「大変ですね」と同情の言葉で見送った。

真中と庵斎、一八は柳原土手に木暮を運んだ。

そこで木暮の遺体は顔を潰され、着物を剝ぎ取られ、身元を示すものはすべて排除された。

その遺体を三人が夜陰にまぎれて舟に載せ、大川に漕ぎ出した。百本杭近くに到ったところで大川に捨てた。

遺体は百本杭に流れ着いた。

半刻ほどして、

「旦那、またですぜ」

愚痴をこぼしながら、田岡と伝吉が木暮の遺体を検めていた。

「今度の土左衛門はちと様子が違いますぜ。顔が潰れているうえに、胴を一刀のもとに割られている。相手は相当の遣い手だ」

伝吉が言った。

「追い剝ぎにでもやられたんだろ」

田岡は星空を見上げた。

「すげえ遣い手の追い剝ぎですね」

伝吉は何度もうなった。

「今度も身元不明だな。無縁仏だ」

田岡はため息をついた。

第三話　初鰹の宴

一

菅沼外記は、橋場総泉寺の南に広がる鏡ケ池のほとり近くの、小高い丘にある寮に住みはじめた。

寮は、村山庵斎の門弟だった傘問屋の隠居の住まいであったが、前年隠居が死んでからは空き家となっていた。それを庵斎が「知り合いの紙問屋の隠居が隠居所を探している」と、譲り受けたのである。

義助や一八が駆りだされ、荒れ果てた庭や母屋を掃除修繕し、見栄えのよい隠居所になった。二百坪ほどの敷地に生垣がめぐり、藁葺き屋根の母屋と台所、厠、風呂、蔵、井戸があるのみの地味な田舎家である。

大きな杉の木が二本植えられているのが、特徴といえば特徴だ。

ただ、小高い丘の上に建っているため、見晴らしと風通しのよさは申し分ない。

外記は母屋の縁側に座り、ぼんやりと周囲を眺めまわした。鏡ヶ池を渡ってくる風が庭先から吹き込み、なんともいえず心地よい。

ばつも、杉の木の下で気持ちよさそうに寝息をたてていた。仰向けに寝転がり、無防備に腹をさらしている。

外記とばつは、のどかに過ぎゆく初夏の昼下がりを楽しんだ。

鏡ヶ池の面(おもて)に夕陽が浮かんだころ、木戸門から庵斎とお勢が入ってきた。外記は二人を母屋の十畳間に通した。母屋は十畳間と八畳間があり、部屋を取り巻いてコの字形に縁側がめぐっている。

「父上、どうぞ」

お勢は重箱を持参してきた。庵斎は大黒屋の羊羹を持ってきた。

「すまんな」

外記は言うと庵斎を見た。

「おっつけ、みんな、集まってまいります」

外記は、菅沼組を集結させた。

庵斎の言葉を裏づけるように真中正助がやってきた。真中は、縁側で正座すると律儀に、

「真中です」

と、挨拶してから座敷に入った。

外記は真中をお勢の婿にと考えている。折にふれてお勢に勧めているのだが、身を固めることに気が進まないのか、真中のことが気に入らないのか、日ごろはっきりとものを言うお勢が、このことになると口ごもり、はっきり返事を返さない。

「お勢、真中に茶を淹れてやれ」

外記が言うと、

「いえ、お勢どの、拙者のことはおかまいなく」

真中は軽く頭を下げ、遠慮がちに断った。

「どうせ、みんなの分用意するんだから、真中さんの分もついでに」

お勢は台所へ向かった。

真中は、お勢の小股の切れ上がった後ろ姿をうっとりと見送った。

「こんちは」

威勢のよい義助の声がした。

「お待たせいたしました」

調子のよい一八の声である。

「遅くなりました」

小峰春風は咳払(せきばら)いをした。

「集まりましたな」

庵斎は外記に向かって頭を下げた。

「うむ」

外記がうなずいたとき、浅草寺から暮れ六つ（午後六時）を告げる鐘の音が聞こえた。

「みんな、よく来てくれたね」

お勢が鉄瓶(てつびん)をよっこらしょっと持ってきた。すばやく、

「はい、はい、お任せあれ」

一八が調子よく言うと、お勢を座らせ、義助と手早く茶と羊羹をととのえた。

床の間を背にした外記の前に、一同が座した。

「みんなに集まってもらったのは、ほかでもない。これからの菅沼組の行く末について話し合うためじゃ」

外記が言うと、みなの顔から笑みが消えた。

「おい、そんな、深刻になるな」

みなの緊張をほぐすためか、食欲にもとづく自然な行動なのか、外記は羊羹をぱくつい

た。

「深刻になるなと言われてもねえ、そりゃなるわよ。だって、菅沼外記は死んじまったんだよ。菅沼組は解散だ。もう忍び御用をすることもない、ねえ」

お勢は、みなの気持ちを代弁するように答えを返した。

「死んだのは青山重蔵じゃ。菅沼外記ではない」

外記は、「がはははっ」と笑った。

「同じじゃないですか。どのみち、父上は御庭番のお役目をできなくなったのですよ。わたしたちだって、菅沼組の仕事はできなくなった。変わりありませんよ」

お勢は不快げに羊羹を嚙んだ。

「なるほど、御公儀から賜る仕事はなくなった」

「じゃあ、菅沼組の仕事もなくなったってことじゃありませんか」

たまりかねたように義助が口を開いた。

「そうではない。おまえたちにその気があれば、菅沼組としてやれる仕事はある」

心持ち大きな声を外記は出した。みな、黙り込んだ。

「いや、むしろ、これからはわれらのため、庶民のために仕事ができるのだ」

外記はみんなを見回した。

「そうじゃ。お頭が申されるとおりじゃ」

庵斎が賛同する。

「父上は何をやろうとなさってるの」

お勢が聞いた。

「うむ、水野にひと泡吹かせたい」

外記はニヤリとした。

「まさか、水野忠邦さまのお命を……」

お勢が言うと、みな心配げな顔を外記に向けてきた。

「おい、誰がそんなことを申した。わしはひと泡吹かせると申しただけじゃ」

外記の言葉をみな理解できないのか、無言のままである。

「ひと泡吹かせ、庶民のためになることをする。水野の改革は必ずや庶民を苦しめる。ひと泡吹かせてやったうえで、庶民が喜ぶことをおこなうのじゃ」

「おもしろそうですな。で、お頭、具体的に何をなさろうと？」

真中は目を輝かせた。お勢は真中に意外な目を向けた。

「水野派の大名から金を盗む。盗んだ金は一部を軍資金にたくわえ、残りは庶民にほどこす」

「そいつはいい。鼠小僧でげすね」

一八は扇子をひらひらと振った。

ようやく、みなのあいだに笑顔が広がった。

が、ひとり真中だけは顔を曇らせている。

「どうした真中さん、反対かね」

庵斎が問いかけた。

「いや、賛同いたす。ただし、一つ条件がござる」

真中は珍しく毅然とした声を発した。外記は笑みを浮かべ、話すよううながした。

「拙者、血を見るのが苦手でござる。盗賊行為をする際、人を傷つけたり、殺めたりしないとお約束いただけまいか」

真中は外記を見た。

「われらは盗賊一味ではない。真中が申すように、一人の人間も殺さず、遂行する」

外記は野太い声を出した。

「おう！」

みな、喜びに満ちた声で答えた。

「よし。では、ねらうべき大名屋敷であるが」

外記は、

「集まれ」

と、一同を車座にして、真ん中に一枚の書付を出した。

二

「水野派の大名どもじゃ」

書付には、信濃松代藩主真田幸貫、近江三上藩主遠藤胤統、陸奥泉藩主本多忠徳の名と、それぞれの屋敷の所在地があった。

「わしは、これらの大名のうち」

外記は、真田幸貫を扇子で示し、庵斎を見た。

「真田信濃守幸貫、信濃松代で十万石。近々、老中に取り立てられるとか。外様の大名としては、異例中の異例の人事ということで評判を呼んでいますな。もちろん、真田を老中に引き上げるのは水野です。水野の真田に対する信頼の厚さがわかるというもの」

庵斎は解説した。お勢は納得したようにうなずいた。

「父上は真田の屋敷から金を盗み出すことで、水野の顔に泥を塗ろうというのですね」

外記もにんまりとした。

「真田の屋敷は上(かみ)屋敷が外桜田(そとさくらだ)、中屋敷が愛宕下(あたごした)通り、下屋敷は深川小松町(ふかがわこまつちょう)と麻布谷町(あざぶたにまち)の二ヵ所所有しておる。このなかで、深川小松町の下屋敷に忍び込む」

外記の言葉を受け、

「この下屋敷は大川(おおかわ)に近いし、油堀西横川(あぶらぼりにしよこかわ)から掘割(ほりわり)が引き込んであります。さまざまな物品をたくわえておく蔵も多い、金蔵(かねぐら)もあるでしょう」

庵斎が続けた。それまでおとなしくしていた春風が、

「あの屋敷のことなら、わたしにお任せを。ほれ、お頭。三年前ですよ」

と、身を乗り出した。

「ああ、あれか」

三年前、外記は徳川家慶から真田家を探るよう命じられた。

家斉が将軍職を退位し、家慶が将軍になった翌年のことである。そして、水野が勝手(かって)掛(がかり)老中として幕府財政の危機的状況を把握したころだ。

いまにして思えば、水野はあのころから改革の同志を見極めていたのだろう。

おそらく、幾人かの大名を選び出し、内情を探らせたにちがいない。

「あのときの忍び御用が役立ちますよ」

春風は懐紙を出し、腰の矢立てを取り出すと、するすると真田屋敷の絵図を描きはじめた。

みな、感心したように見とれている。やがて、

「たしか、このとおりであったと」

春風は顔を上げた。

懐紙には、真田屋敷の御殿、池、庭、台所、蔵が描かれている。

「金蔵はここです」

春風は筆で蔵の一つに丸を記した。

「いつもながら、よく記憶しておるな」

外記が感心すると、みなの口からも感嘆の声が洩れた。

一度でも目にすると、春風は屋敷の構造を正確に記憶し、それを絵図で写実的に再現できる特技を持っている。

「ではさっそく、仕事にかかりますか」

お勢が言った。

「といっても、いかにするのです」

真中の問いかけに、

「こんな正確な絵図があるんだよ。真夜中に忍び込めば、事は容易に運ぶよ」

さらりとお勢は言ってのけた。

お勢には、こういうのんきな一面がある。

「ですが、絵図だけでは。かりにも大名屋敷の金蔵ですよ。警戒とて厳重でしょうし、錠だってかけられているでしょうし」

真中は納得できないようだ。

「だって、鼠小僧はなんべんも忍び込んで成功しているのよ。わたしたちにできないわけがないわ」

お勢は、言い返した。

「鼠小僧は鼠小僧でござる」

真中も譲らない。

「じゃあ、どうしようって言うのさ」

お勢は苛立った。

「ですから、前もって下調べをおこなうのです。できれば、金蔵の錠前の型を確認しておく」

真中は慎重な姿勢を崩さない。

「まったく、そんな悠長な」

お勢はぷいっと横を向いた。

「まあまあ、内輪揉めしていてもしょうがない」

庵斎があいだに入った。

「鼠小僧が大名屋敷の盗みをくり返したのは、大名屋敷というのは意外と警固が手薄だからじゃ」

外記が言うと、

「ほれごらんよ」

お勢は横を向いたまま真中に言った。

「まことにございますか」

真中は意外な視線を外記に向けた。

「ああ、大名はのう、御公儀の目を気にしておる。あまりに警戒を厳重にすると、かえって無用な疑いを受けると気を遣っておるのじゃ」

外記の答えに、

「そうなんですか」

真中は妙に感心してみせた。

「そうと決まったら、決行はいつにしやす？」

一八がみなを見回した。

「ま、真中が申すように下調べをすることは悪くない。錠前の型も確認したほうがいいだろう。明日、真田屋敷を探る。できる者はおるか」

外記は一八を制して聞いた。

「あっしに任せておくんなさい」

義助が進み出た。

みなの注目が集まったことを確認すると、

「明日、真田さまの下屋敷に出入りしている魚問屋にくっついていきますよ。遠州屋といいましてね、あっしの長屋の地主でもあるんです」

威勢よく義助は答えた。

「そうか、そうしてくれ」

庵斎は安堵の顔をした。

「そうと決まれば」

ふたたび一八が陽気な声を出した。

これを潮に宴席となった。

いつのまにか日がとっぷりと暮れ、杉の枝にとまった烏（からす）が薄闇に溶け込もうとしている。庭の草むらで源氏蛍（ぼたる）がぼうっとした光を放った。

燭台（しょくだい）の蠟燭（ろうそく）にあかりが灯（とも）された。

義助、一八、春風が手際よく酒と肴、外記には羊羹を用意していく。

「もうそろそろ、初鰹ですよ」

義助が言った。

「お勢、ひいてくれ」

外記が隣の座敷から三味線を持ってきた。常磐津で使う中棹ではなく細棹の三味線だ。長唄を所望されたとわかったお勢は応じるように撥（ばち）で三味線を奏（かな）でた。

みなの視線がお勢に集まる。

「黒髪の結ぼうたれたる思いには　溶けて寝た夜の枕とて　ひとり寝る夜の仇枕……」

心地よい三味線の音色にお勢の張りのある声音（こわね）が重なる。長唄、「黒髪」をお勢は唄い始めた。みな、私語を止（や）め聞き入った。

「袖は片敷く妻じゃというて　愚痴な女子の心も知らず　しんとふけたる鐘の声」

お勢の目元がほんのりと茜に染まり、そこはかとない色香を漂わせた。外記は目を瞑って愛娘（まなむすめ）の唄と三味線の音に身を浸した。

宴席は夜ふけまでつづいた。

三

日本橋の魚河岸は日本橋から江戸橋にかけて、日本橋川の北岸に広がる魚市場である。元日以外は、年中無休だった。

徳川家康は江戸入府に際して、摂津国佃村から森孫右衛門を頭とする漁師たちを連れてきた。漁師たちは江戸城に魚を献上し、その残り物を市中で売るようになった。孫右衛門の子、九右衛門の代になると、日本橋本小田原町と本船町の河岸に魚店を開くようになる。それが発展し、大和国の出の助五郎が関東一円の仕入れ、販売の実権を確立すると、本小田原町に魚会所が開かれた。これが、日本橋魚河岸の起源である。

魚河岸には、江戸前の海からはもちろん、相模、伊豆、上総、安房、駿河、遠江から押送船と呼ばれる足の速い船で鮮魚が運び込まれる。運ばれた鮮魚は、魚問屋の納屋にいったん陸揚げされる。

鮮魚は問屋から仲買が仕入れ、板舟と呼ばれる盤台にのせられる。それを、棒手振りたちが目利きして買っていく。棒手振りは買った魚を、得意先の長屋、店に売りに行く、という流れだ。

もっとも、これは町人が魚を口にするまでの道すじである。

将軍や大名へは、御用達（ごようたし）の魚問屋が直接届けた。魚河岸には、将軍や大奥へ届けるための専用の番所があった。

義助は河岸に着くと、仲買から魚を仕入れることなく、本船町にある魚問屋遠州屋宗兵衛（そうべえ）を訪ねた。義助は宗兵衛が地主である南本所元町（もとまち）の裏長屋に住んでいる。身元も宗兵衛が保証していた。

義助は、帳場にどっかと腰を据えた宗兵衛の前に、頭を下げながら進み出た。

「どうした、魚、仕入れなくていいのか」

宗兵衛は脂（あぶら）ぎった顔を義助に向けた。大きな目をした精力的な男である。歳も四十前後の働き盛りを迎えていた。

「今年の初鰹、さっそく旦那が買い付けられたそうで」

義助は頭に巻いている豆しぼりの手ぬぐいを取った。

「ああ、耳が早いな」

宗兵衛はにんまりした。得意げである。

江戸っ子は初物を好んだ。とくに四月の初鰹は、「女房娘を質に入れても」と言われるほどに熱狂した。文化年間に高級料理屋八百善や歌舞伎役者三代目中村歌右衛門が一尾二両から三両で買い付けたという話が伝わるほどだ。

「真田さまのお屋敷でご注文が」

「おいおい、そんな噂まで」

「なんせ、河岸ってのは、足が早いですからね」

義助が言うと、宗兵衛は苦笑した。

「真田さまのお屋敷に大量の魚をお納めする手はずなんだが、初鰹と決まったわけじゃない。その件でこれからおうかがいするんだよ」

「それでしたら、あっしをお供に。あっしが、旦那の初鰹を持っていきやすよ。で、真田さまのお屋敷でさばいて、食べていただく。きっと、気に入っていただけますぜ。たまには、旦那のお役に立ちてえんで」

義助は身を乗り出した。

「そうだな。そいつはいいな。おまえ、いいところに目をつけるじゃないか。だけど店賃は負けないからな」

宗兵衛は愉快げに笑った。

「こいつは、まいったな。旦那は全部、お見通しだ」

義助は額をぴしゃりと叩いた。

義助は宗兵衛の供で、深川小松町の真田家下屋敷にやってきた。屋敷は南側と西側とを公儀の御船手組屋敷に接し、東側は油堀西横川に接している。川から掘割が引き込まれ、物資の輸送に便利な構造になっていた。

宗兵衛は真田家台所頭、草刈洋之助と面談するため、御殿の控えの間に向かった。その間、義助は台所で持参した初鰹二尾をさばき、たたきにしていく。たたきの香ばしい香りに誘われるように、台所役人が集まってきた。

役人は食し、みな、「うまい」と顔を輝かせた。

「蔵番のみなさんにも」

義助が言うと、

「そうじゃな」

台所役人が、蔵のまわりを巡回している侍を呼んだ。

「すんません、ちょっと、厠へ」

義助は鰹に夢中になっている役人をあとに、台所棟を出た。

春風の絵図のとおり、台所棟の裏手に蔵が七つ並んでいる。初夏のまばゆい日差しを受け、海鼠壁（なまこかべ）が陽炎（かげろう）に揺らめいていた。義助は春風がしるしをつけた蔵を目指した。

「これだな」

台所棟から数えて六番目の蔵の前に立った。すると、

「これ、これ、何をしておる」

侍に声をかけられた。

「あ、すいません。魚問屋遠州屋宗兵衛の小者（こもの）で義助と申します。厠を探しておるのですが」

義助は頭を下げた。

「厠なら」

侍は、台所棟の右手を指し、

「うろちょろするでない」

と、不機嫌につけ加えた。

義助は頭を下げると、台所で鰹のたたきを用意したので召し上がってくださいとつけ加えた。

「初鰹か」

と、侍は破顔（はがん）した。

義助は台所に戻り、持参したひょうたんの酒を振る舞った。みな、鰹だけでは物足りないと思っていたところなので、

「これはいい。気がきくな」

と、喜んで酒を受け入れた。

台所役人も蔵番も、初鰹と酒に夢中になった。

義助は台所を抜け出し、春風がしるしをつけた蔵にふたたび立った。鍵穴の形状を確かめ、脳裏と指先に刻みつけた。義助は錠前破りの名人である。

――よし、腕が鳴るぜ。

義助はほくそ笑んだ。

真田屋敷からの帰り道、宗兵衛は、

「初鰹はむずかしいかもな」

「あっしが作ったたたきがよくなかったんで？」

義助はぺこりと頭を下げた。

「いや、そうじゃない。なにせご時世だからな。ま、今晩、百楽でもう一度草刈さまにお願いしてみるよ」

宗兵衛は気を取りなおしたように、足早に歩き出した。

四

永代寺門前町の百楽は深川きっての高級料理屋である。檜造りの二階屋で、武家、僧侶、それらを接待する商人で連日のにぎわいを見せていた。

それが、このところ、店の者も客たちも不安げな顔である。

公儀から、贅沢奢侈を禁ずる奢侈禁止令が近々出される噂があるのだ。いや、噂ではなく、現実のものになるということは、既定の事実だった。

信濃松代藩江戸留守居役真壁信吾郎と台所頭草刈洋之助は、商人の接待を受けながら落ち着かない様子である。接待しているのは、日本橋魚河岸の魚問屋遠州屋宗兵衛だった。

一階の庭に面した十畳間である。

店のほうも気を遣っているのか、座敷の装飾品も地味なものに替えてあった。以前は、床の間には雪舟の水墨画、青磁の壺、象牙の香炉が据えられていたが、今日はどこの誰ともわからない者の手になる水墨画がかけてあるのみだ。

食膳に使われている食器類も、蒔絵がほどこされた派手なものから単に黒漆の無地になっている。

「すみません、こんな無骨な男がお相手で」

宗兵衛は、頭を下げながら真壁に酌をした。

「気にいたすな。ご時世じゃからのう」

真壁は鷹揚に返した。

「まったくで。以前でしたら辰巳芸者を何人か呼んで、ぱあっといくところですがね」

宗兵衛は口にしてから、

「おおっと、ご政道批判ですかね」

と、口を両手でふさいだ。

「わが殿は近々、ご老中になられるからのう。家臣たる者、めったな真似はできん」

草刈が盃を差し出した。

「失礼ながら、外様の真田さまがご老中とは、よほど水野さまのご信頼が厚いと、市中でも大変な評判でございますよ」

宗兵衛は言った。真壁も草刈も満足げにうなずいた。

「ところで、明後日の宴席で用意させていただく魚でございますが、やはり初鰹は用意せぬほうが」

宗兵衛は遠慮がちに聞いた。

「初鰹はご法度じゃな。御公儀も贅沢品扱いじゃ」

と、草刈は首を振った。

「承知いたしました。鯛のよいものを用意させていただきます」

宗兵衛は両手をついた。鯛は武家の饗応の席にはつきものである。いまのところ、贅沢品として指定されていない。

それから、しばらく酒、料理が進んだところで、

「なにか物足りぬな」

真壁は、芸者も幇間もいない宴席に対する不満を洩らした。

「思い切って、呼びますか。一人くらい、いいじゃないですか」

宗兵衛は言うや立ち上がり、障子を開け縁側に出た。

庭からさわやかな風が吹き込んできた。石灯籠にあかりが灯され、松の形のよい枝を照らしている。

以前だと、あちらこちらの座敷から芸者と客、幇間たちのにぎやかな声が聞こえたが、今日は池で跳ねる鯉や仲居が膳を運ぶ音が聞こえるだけだ。

「いやいや、やめておけ」

草刈は宗兵衛を引き止めた。宗兵衛は仕方なく障子を閉めようとしたが、

「おや、遠州屋の旦那じゃありませんか」

坊主頭、派手な小紋の着物に色違いの羽織、白い足袋という見るからに幇間といったなりをした小柄な男が声をかけてきた。

一八である。

「ああ、一八か」

宗兵衛はぽかんとした。

「ああ一八か、とはご挨拶でげすよ」

一八は扇子を広げ座敷の中に入り込んだ。宗兵衛が止めるまもないすばやさである。

「これは、これは、ご立派なお武家さまがお寂しいじゃございませんか」

一八は扇子で二人をあおぎながら、ちょこんと座った。真壁も草刈も呆気にとられたように、盃を持ったまま一八を見すえた。

「こら、無礼だぞ。出ていきな」

宗兵衛は一八の羽織の襟をつかんだ。

「そんな、旦那、冷たいことおっしゃらないで」

「冷たいもなにも、呼んでもいないのに勝手に来るやつがあるものか。さ、出ていきな。

また、呼んでやるから」

宗兵衛は追い払おうと一八に一朱銀を握らせた。

ところが、一八は一朱銀を押し戻し、

「いくらご時世とはいえ、お寂しいじゃありませんか。それでね」

扇子で口を隠し、宗兵衛に耳打ちした。

宗兵衛の表情が晴れやかになっていく。宗兵衛は、ふんふんとうなずくと、

「この者が常磐津の師匠を連れてきたと申します。いかがです、芸者ではありません。常磐津節を聞くくらいなら」

真壁に向かって、ひそひそと、「美人だそうですよ」とつけ加えた。真壁は一瞬にんまりとしたが、すぐにいかめしい顔をつくり、

「うむ、ま、お前がそこまで勧めるのをむげに断るのものう」

と、草刈に視線を向けた。

「いかにも。三味線を聞くくらいならかまわんでしょう」

草刈も鷹揚にうなずいた。

「では、さっそくに。お師匠さん、こっち、こっち」

一八は縁側に出ると扇子をひらひらさせた。まもなく、

「失礼いたします」

お勢が縁側で正座した。

「おお」

真壁と草刈、遠州屋までもお勢の艶やかさに嘆声を洩らした。

「さあ、そんなところにおらずとも、中へ」

草刈は思わず立ち上がった。

「いえ、わたくしは、ここで結構でございます」

お勢はていねいに頭を下げた。それを遠慮と受け取った宗兵衛が、

「そう言わず。草刈さま、あ、いや、お武家さまがたも、座敷に入るようおっしゃっておられるのだから」

「いえ、遠慮申し上げているのではございません。今日は、お互い素性も知らぬ者同士、ということでございます。お座敷におられるお武家さまがどちらのご家中のお方か、お武家さまを接待なさっておられる旦那がどちらのお店なのか、そしてわたくしが何者なのか、お互い知らぬままのほうがよろしいかと」

お勢ははきはきとした、それでいて艶のある声音で言った。

「そうか、なるほど」

真壁が微笑んだ。

「ですから、わたくしはお座敷には入らず、縁側で勝手に三味線をひきます。お聞きになるもならぬもご勝手ということで」

お勢は言うや、三味線の撥を右手に持った。

「うむ、なかなかにご時世を考えておる。たいした女じゃ」

真壁は満足げにうなずくと、盃を干した。

お勢は小首をやや斜めにかしげ、三味線を奏ではじめた。

みな、うっとりとした表情になった。

頃合いを見て一八が真壁、草刈、宗兵衛に酌をしていく。

三人の顔は、夢見心地になった。

「どうです、もっと、お近くで」

一八が一曲終わったところで、ごく自然な様子で真壁と草刈に言った。

二人はうなずくと、膳をどけるのももどかしげにお勢の前までやってきた。一八は二人の盃と酒を持ってしたがった。

宗兵衛も頰(ほお)を火照(ほて)らせ、そばまで来た。

五

「さあ、もっと、もっと」

一八は扇子であおぎながら、酒を勧めた。

「わたしはなんだか飲みすぎましたな、ちょっと失礼して」

と、宗兵衛は腕枕で横になった。お得意先である大名の家臣を前に不遜な態度であるが、真壁も草刈もとがめることはなかった。それほどに、二人とも上機嫌である。

いや、上機嫌というより相好を崩し、うつろな目を宙に漂わせているのだ。

お勢の三味線は、ますます冴えわたった。

やがて、お勢は撥をひときわ力強く振り上げたかと思うと、寂しげな調子に変え、

「お武家さまは、真田さまのご家中でいらっしゃいますね」

と、せつなげな声音を真壁と草刈に送った。

「いかにも」

二人はうつろな表情のまま、うなずいた。

「お名前をうかがいたいわ」

お勢が聞いた。

「江戸留守居役真壁信吾郎」

「台所頭草刈洋之助」

二人は名乗った。

もはやお勢の言いなりである。

これは、お勢の特技だった。

酒で酔わせほろ酔い機嫌になるにしたがい、三味線の音色で相手の理性をつかさどる神経を麻痺(まひ)させ、聞きたいことをしゃべらせるのである。いわゆる催眠(さいみん)術のようなものだ。

お勢は催眠術をかけるのに、酒と独特の調子でひく三味線を活用しているのである。

「真壁さま、明後日、宴席にはどなたがいらっしゃいますの」

お勢は艶然(えんぜん)とした笑顔を真壁に向けた。

「ご老中首座水野越前守さまじゃ」

真壁もうっとり答えた。

「まあ、さすがは真田のお殿さま。でも、どうしていらっしゃるのかしら」

「殿は水野さまへ八百両の借財を願い出られた」

今度は草刈が答えた。

真田は水野へ八百両の借財を申し込んだ。ところが、水野は無利子で千両貸してくれた。その返済と謝辞をこめて、明後日水野を下屋敷に招き、接待の宴を張るのだという。

「まあ、水野さまって豪気なお方。それに、そんな水野さまのご信頼厚い真田さまもたいしたお殿さまですわね」

お勢は、さらに宴会が明後日の六つ半（午後七時）からはじめられること、水野はわずかな近臣のみをしたがえて来ることを聞き出した。

接待にあたる真田側も、水野の希望であまり派手にならないように要請されているという。

「宴にお出しする料理にはぜひ初鰹と思っていたのじゃが、初鰹は贅沢品ということで」

草刈は、ここで感極まったように言葉を詰まらせた。

「おや、どうなさいました。なんぞ悲しいことが」

お勢はやさしく語りかけた。

「せっかく、遠州屋が宴会用に仕入れてくれたんだ。のう、遠州屋」

草刈は宗兵衛に声をかけたが、宗兵衛は寝息をたてている。

「もったいないわ」

お勢も悲しげな声を出した。

「ご時世じゃ、致し方なかろう」

真壁がなぐさめるように言った。

「しかしわざわざ遠州屋が」

草刈は泣き出した。催眠術のせいか、泣き上戸のせいかはわからない。

「まあ、まあ」

一八は草刈に酒を勧めた。

「食べたかったなあ、初鰹」

草刈は盃を干すと、がっくり肩を落とした。

――なんだ、自分が食べたいんじゃないか。

お勢はわずかに顔をしかめ、一八に視線を向けた。

一八はこくりとうなずいた。

お勢は撥を頭上高く上げると、ひときわ大きな調子の音色を奏でた。

「う、ああ」

真壁と草刈は弾かれたように、ぴんと背すじを伸ばした。

この撥が催眠術を解く合図だった。

「ずいぶんと楽しかったな」

　真壁が言うと、

「いや、まったく。なんだ、こやつ」

　草刈は、だらしなく寝息をたてている宗兵衛を見た。

「おあとがよろしいようで」

　一八は扇子で額をぴしゃりと叩くと、座敷を出た。

「ありがとうございます」

　お勢も立ち上がった。

　お勢と一八は縁側をすたすたと歩いていった。

「お師匠さんの三味線、相変わらずお見事なもんでやすねえ」

　百楽の門口を出たところで、一八がよいしょした。

「あたしに世辞言ったって、なにも出やしないよ」

　お勢は、言葉とは裏腹に得意げである。

　と、

「ああっ！」

　一八は、すっとんきょうな声をあげた。

「どうしたんだい」

お勢が小首をかしげると、

「ご祝儀、もらうのを忘れた」

一八は扇子でぴしゃりと額を打った。

「貸してごらん」

お勢は一八の扇子を奪い取ると、

「馬鹿」

一八の額を打った。


その日の晩、外記はお勢の報告を鏡ヶ池の隠居所で受けた。

かたわらには庵斎が控えている。

「お頭、明後日決行ですな」

庵斎は鍵を外記の前に置いた。義助が収集した情報から、知り合いの錠前屋でつくらせたのである。

「うむ。水野の接待とあれば、邸内の警固はおのずと水野の身辺に向けられる。金蔵は手薄となるはずじゃ」

外記が言うと、

「それに、水野がいる屋敷で千両箱盗み出すなんて、痛快だよ」

お勢は愉快げに、けたけたと笑った。

「で、人選ですが」

庵斎は落ち着いた口調で聞いた。

「そうじゃな。わしと春風、真中でよかろう」

「ちょっと、父上、わたしをお忘れでないですか」

お勢はむっとした。

「いや、おまえは必要ない。今回は、屋敷の構造を頭に入れている春風と万が一斬り合いとなったときに必要な、真中だけでよい。なるべく穏便にことを運びたい。三人くらいが適当じゃや。真中なら、斬り合いとなっても相手を傷つけることはないだろう」

外記はお勢に向かって諭すように言った。

「わかりましたよ」

お勢は横を向いた。

「それから、真田の屋敷の裏門に義助と一八を待たせておけ。春風、真中、一八、義助で盗んだ金を配らせる」

外記が言うと、庵斎は「かしこまりました」と頭を下げた。

六

外記は真中と春風を引き連れ、深川小松町の真田幸貫の下屋敷に潜入した。みな揃って黒装束(しょうぞく)に身を固めていた。黒い頭巾、覆面、小袖、裁着け袴である。裏門近くの築地塀を乗り越え、やすやすと忍び込むことができた。

時刻は五つ（午後八時）を過ぎたころだ。

宴がはじまって半刻（約一時間）ほど経過しているはずだ。おそらく酒が進み、水野のことだから改革について熱弁を振るっていることだろう。

御殿や台所が黒々とした塊(かたまり)となって立ちはだかっている。巨大な池のまわりに石灯籠のあかり、かがり火、警固の侍が持つ手丸提灯のあかりが蠢き、庭石や樹木の姿を浮かび上がらせていた。庭に面した御殿の広間の襖から、蠟燭のあかりが洩れている。

外記は、春風を先頭に立て、金蔵を目指した。

春風は勝手知ったる他人の家とばかりに、少しの迷いもなくしっかりとした足どりで邸内を進む。

江戸湾に近いせいで、潮風が鼻をくすぐった。

春風は台所棟の裏手に出た。

似たような形をした蔵が七つ立ち並んでいる。

外記たちは、台所棟の裏手に植えられている松の木の陰に身を隠した。

いちばん手前の蔵までは、五間（約九メートル）ほどの距離だ。

「お頭」

真中の覆面越しの声がした。

警固の侍が三人、蔵のまわりを巡回している。

「金蔵はどれじゃ」

外記はぼそぼそとした声で聞いた。

「奥から一つ手前です」

春風がささやいた。

三人の侍は蔵の番人と見え、ひたすら蔵のまわりを巡回し、ほかへ行く気配はない。

「どうせ、金を盗んだことは明らかになる」

外記が言うと、

「あいつらを斬りますか」

春風が聞いた。闇の中でも、真中の抵抗の表情がわかる。

とたん、

「おい」

外記が止めるのも聞かず、真中が飛び出した。

「や、何者」

三人の侍が提灯を真中に向けた。

「お頭」

春風も飛び出そうとしたが、

「真中に任せる」

外記は制した。

「おのれ、曲者」

提灯のあかりに照らされた真中を見て、一人の侍がわめいた。三人は提灯を捨てると抜刀し、真中目がけて殺到した。

真中は、腰だめにしていた刀を抜き放つとすばやく峰(みね)に返し、三人の首すじ、胴、眉間(みけん)を打った。

三人は、闇の中に昏倒(こんとう)した。

「しばらく、息を吹き返すことはないでしょう」

真中は刀を鞘(さや)におさめ、外記に言った。

「よし、行くぞ」

外記は、真中と春風と金蔵の前に立つと、

「開けるぞ」

懐中から鍵を取り出しニヤリとした。

静寂の中、錠前がはずれる、「カチッ」という音がした。ついで、外記は慎重な動作で戸を開けた。

外記を先頭に中に入る。

春風が手燭(てしょく)を灯した。

蔵の中には、千両箱が山と積んである――はずだった。が、

「お頭、千両箱なんてどこにもありません！」

春風が驚きの声をあげた。

蔵の中には、千両箱ではなく米俵が山と積んである。

「だって、おまえがここだって」

真中が言うと、春風は押し黙った。代わりに鼠の鳴く声が返ってきた。真中は舌打ちして外記に顔を向けた。

「金蔵はこの蔵ではない、というだけのこと。おそらく、三年前とは違う蔵にしたのであろう。いずれにしても、残る六つの蔵のどれかじゃ」

外記は動ずることなく答えた。

「それはそうでしょうが、鍵はどうするのです。鍵は蔵によって異なるでしょう。鍵がなければ入れません」

真中は落ち着かない様子だ。

春風は自分の失敗であると、自責の念に駆られていると見え、しょぼくれたように黙り込んでいる。

「鍵ならあるじゃないか」

外記は表に出た。真中と春風もつづいた。真中は、律儀にも米蔵の戸に錠前をかけた。

「あいつらが持っておるじゃろう」

外記は、闇の中に昏倒している警固の侍を、あごでしゃくってみせた。

「ああ、あいつら蔵番でしたね」

春風は急に元気になって、警固の侍に駆け寄っていった。

外記と真中はあたりに目配りしながら近づく。一人の侍が息を吹き返した。真中がすかさず鳩尾(みぞおち)に当て身を食らわせる。侍は上げかけた頭をふたたび地に落とした。

「お頭、これ」

春風は、その侍から鍵の束を奪い取った。

「うむ」

外記は鍵の束を受け取る。春風が手燭を近づけた。

鍵は七つあり、そのおのおのに数字が刻印されている。

「まずは、一番じゃ」

外記は、一番と刻印された鍵で、いちばん手前の蔵の錠前を開けた。

「よし、ここが一番蔵じゃ。ひとまず、米蔵以外すべて開けるぞ」

結局、金蔵は二番蔵、つまり台所棟から二番目に建っている蔵だった。

「ありました」

春風は自分で言って声が大きいと思ったのか、あわてて口を手でふさいだ。

床に千両箱が六個並んでいた。中を見ると、二十五両の包み金が二十、五十両の包み金が十、整然と並べられている。

床には、千両箱とは別に、銭や銀貨が詰められた箱も並んでいた。

「よし、いただきますか」

春風は千両箱から小判を取り出し、風呂敷に包んだ。

「ちょっと待て、おもしろいものがある」

外記は、壁際に並んだ棚の前に立った。

出納帳（すいとう）が年別、月別に整理されている。その出納帳に交じって、五十両の包み金が二つ置いてあった。

春風が手燭のあかりで照らすと、包みには水野家の家紋である「沢瀉（おもだか）」が描かれ、水野の印が捺（お）してある。

水野が真田に貸した千両のうち、手をつけていない百両なのだろう。

「よし、風呂敷の中から百両だけ抜き取り、これと入れ代えておけ」

外記は春風に命じた。春風も真中も、

「なぜ、そのようなことを」

と、いぶかしんだが、

「ま、任せておけ。おもしろい絵図が描けるぞ」

外記は含み笑いを返した。

七

翌朝、本所藤代町の自身番はいつもの朝、ではない喧騒の中にあった。

「おいおい、小判のほどこしがあったってのは、どこの町だ」

南町奉行所定町廻り同心田岡金之助は、岡っ引すっぽんの伝吉をつかまえた。

「旦那、落ち着いてくださいよ」

伝吉は返した。

「おれは、落ち着いてるよ」

田岡は伝吉が淹れた茶をすすった。

「小判のほどこしがあったのは、本所相生町一丁目と二丁目、本所松坂町、南本所元町の裏店で、一軒に小判一両ずつ放り込まれていました」

伝吉は、ほどこしがあった町の町役人から事情聴取した書付を書役から受け取った。

「で、全部でいくらになる」

「そうですね、ざっと四百両ですか」

伝吉は答えてから、

「もうちょっとで、うちの町内だったんだがな」

と、十手で肩を叩いた。

「馬鹿、これ、返してもらうぞ」

田岡は伝吉の十手をつかんだ。

「違いますよ。うちの町内まで盗人がやってきやがったら、ふんじばってやったのに、ってつもりで言ったんですよ」

伝吉は、田岡の手を十手から除けた。伝吉は、本所相生町三丁目で女房に小料理屋をやらせている。

「ま、そういうことにしておくか」

田岡は苦笑した。

「盗まれたのは、どっかのお大名の屋敷でしょうね」

「そうだろうな。だが、まだ奉行所には届け出がない」

「お大名は面目丸つぶれでしょうからね」

伝吉は苦笑した。

「盗人の野郎、鼠小僧気取りだな」

田岡は舌打ちする。

「どんなやつでしょうね」

「一人じゃねえことは確かだな。一人で、四百軒の家に小判は配れないからな」

田岡は茶をすすり上げた。

「なんのために、こんな真似しやがったんでしょう。まさか、鼠小僧を気取ってるだけじゃねえでしょう」

伝吉は腕組みした。

「土左衛門騒ぎの次は鼠小僧騒ぎか。まったく、妙な事件ばかり起きやがるぜ」

田岡は立ち上がった。そこへ、

「旦那、ちょっと来ておくんなさい」

自身番の番太が顔を覗かせた。

田岡と伝吉は顔を見合わせたが、すぐに、

「わかった」

と、番太の案内で表に飛び出した。

田岡と伝吉は、番太の案内で両国東広小路の一角に到った。

このあたりは、川向こうの西広小路と同様、見世物小屋、露店、茶店が立ち並ぶ庶民の娯楽の場である。往来には、ひっきりなしで大勢の人間が行き来している。

番太は、両国橋のたもとに群がる野次馬たちをかき分けた。

「旦那、これですよ」

番太は頭上を指差した。高札(こうさつ)が立っている。

「世のため、人のため、盗みし金、ほどこした　世直し番」

伝吉が読み上げた。

「ふざけやがって、なにが世直し番だ」

田岡は、伝吉と番太に命じて高札を取り除いた。


そのころ、江戸城西ノ丸下の水野の役宅の門前に、遠州屋宗兵衛の姿があった。

遠州屋は継裃(つぎかみしも)に威儀(いぎ)を正し、門番に挨拶した。

「日本橋魚問屋遠州屋宗兵衛でございます。本日は、ご注文の品をお届けに参上いたしました。どうぞお台所頭さまにお取り次ぎください」

遠州屋は、満面の笑みでお辞儀した。

門番は驚きの顔で、遠州屋と運ばれてきた荷車を見た。

のぼりが立てられ、「御老中水野越前守さま御用達遠州屋　初鰹」と大書されている。

のぼりの後ろには、筵がかぶせられた荷が連なっていた。人足たちも、どこか得意げである。

「お待ちくだされ」

門番は屋敷に引き込んだ。しばらくして、くぐり戸が開き、痩せた神経質そうな老人があらわれた。

「水野家台所頭桐野恭介である。遠州屋、あいにくだが、当家ではこのような品、注文いたしておらんぞ」

桐野はのぼりを見上げながら言った。のぼりは初夏の風を受け、まるで鯉のぼりのように勢いよくはためいている。

「そんな、ご冗談を」

遠州屋は笑顔を向けた。

「わしは、冗談は言わん」

桐野を見れば、冗談を言うような男でないことはわかるが、初鰹の注文は間違いない事実だ。

「恐れ入りますが、いま一度、お屋敷でお確かめくださいませ。必ずやご注文をいただいております」

「黙れ、台所に関する一切はわしに任されておる。そのわしが知らんと申しておるのじゃ。

第一、初鰹などというご改革に反する贅沢品、当家が注文するはずがない」

桐野は癇癪を起こした。

「それでは、これをご覧ください」

遠州屋は袖から五十両の包み金を二つ出して見せた。外記が真田屋敷から盗み出した小判である。

「これは、当家の」

桐野は驚いた。

「水野さまのお屋敷からお使いの方が来られ、初鰹百両分を急ぎ届けよ、と申されて、お渡しくだされたのです」

遠州屋が言うと、

「そんな馬鹿な。で、百両分というと、いったい何尾じゃ」

桐野はうろたえながらも荷車を見た。

「一尾一両ですので、ちょうど百尾です」

鰹は十尾ずつ十の荷車に積まれていた。

「しばし、待て」

桐野は絶句しながら、屋敷の中に入っていった。

八

その日の夕暮れ、鏡ヶ池にある外記の隠居所では祝宴が張られていた。

「お頭、おめでとうございます」

床の間を背にした外記に向かって庵斎が挨拶すると、

「おめでとうございます」

と、みないっせいに頭を下げた。

「うむ、今日は祝宴じゃ。みんな、好き勝手に飲み食いしろ」

外記が言ったところで、

「できやしたぜ」

と、義助とお勢が大皿を手にして入ってきた。

義助が初鰹を持参し、お勢とたたきにしたのだ。

「どれどれ」

外記は一切れをどんぶり飯にのせると夢中でかき込み、

「うまい」

と、目を細めた。

みなも大皿に箸を伸ばす。口々に、「うまい」を連呼した。

「結局、水野め、初鰹の処置、いかがいたしたのじゃ」

外記は、「がはははっ」と肩を揺すった。

「それが、おもしろかったですよ」

義助は、腹を抱えて笑ってから話し出した。

外記は真田屋敷から千両を盗み出すと、義助、一八、真中、春風に百両ずつ渡し、一軒一両ずつのほどこしをおこなわせた。

ほどこす地域として、深川は真田屋敷から近すぎるということで見送られ、本所あたりがいいだろうということになった。どうせなら、

「回向院の近くにしよう」

外記は決めた。回向院には鼠小僧次郎吉の墓がある。

こうして、回向院に近い、本所の相生町、松坂町、南本所元町の裏長屋に小判は配られたのである。

それだけではおもしろくない、と外記が考えた趣向が、水野の包み金を利用することだった。今朝、日本橋の魚河岸が開かれると、真中が水野家の使いとして、義助の案内で遠

州屋を訪れたのである。

　真中から、初鰹を水野屋敷に届けよと百両を渡された遠州屋は、狂喜した。なにしろ、真田屋敷から用命があると思い、大量の初鰹を仕入れたばかりだった。その処置をどうしようかと悩んでいた矢先のことだったのだ。

「水野家としては初鰹を受け取るわけにはいかない、かといって引き取って捨てるわけにもいかない。結局、民にほどこせと遠州屋の裁量に任せたそうです」

　義助が言うには、遠州屋は魚河岸に持ち帰り、

「水野さまからのほどこしだ」

　と、早いもの勝ちだと無償で配った。

「水野め、どんな顔をしただろうな」

　外記がほくそ笑むと、みなうまそうに酒を飲んだ。

「ま、水野さまも思いもかけないほどこしをして、庶民の喝采をあびたのですから、まんざらでもないんじゃありませんか」

　お勢が言った。

「なんだか、水野にひと泡吹かせたのか、水野の評判を高めたのか、わからんな」

　外記は小首をかしげた。

「お頭、残る金ですが」

庵斎は静かに聞いた。みなの視線が外記に集まった。

「まだ、五百両あったな。二百両は軍資金として貯えておくとして、三百両をほどこすか」

外記の提案に、

「じゃあ、さっそく今晩にでも」

早速一八が応じたが、

「おまえも、みなも今晩は酒が入りすぎている。町方の目もあろう」

庵斎がたしなめ、外記を見た。

「そうじゃな、水野もこのまま黙っているはずはなかろう。しばし、様子を見るとするか」

思案するように、外記は視線を宙に泳がせた。

「ともかく、今晩は大いに騒げ」

庵斎は陽気に言った。

外記は縁側に出ると、ばつを呼んだ。夜の帳が下りた庭に、ばつのうれしげな鳴き声が響いた。

「初鰹じゃ」

外記は縁側に初鰹の切り身をのせた。

ばつは、黒猫のような身体を縁側にあらわし、初鰹をくんくんと嗅ぐと、つぶらな瞳をくりくりと動かしながら夢中で食べはじめた。

庵斎は盃を片手に、

「初鰹、人も犬も舌鼓」

と、一句ひねり、みなを眺め回した。とたんに、

「うまい！」

一八が声を放った。庵斎の顔が上機嫌にほころんだところで、

「初鰹が！」

一八は初鰹を口に放り込んだ。

和やかな笑いが部屋を包み込む。


その日、江戸城本丸中奥の老中御用部屋で、水野と鳥居が対座していた。

水野屋敷から初鰹騒動の知らせが届いたあとのことである。

「ふざけた真似をしおって」

水野は舌打ちした。

「いかなる者のしわざでしょう」

鳥居はおでこが張った能面のような顔を向けた。

「当家の包み金で支払ったとなると」

水野は、扇子で肩をぽんぽんと叩いた。

「恐れながら、お屋敷に盗賊被害はございませんでしたか」

鳥居は聞いた。

「ない。当家に盗みに入るような酔狂な盗賊はおらん」

「としますと、いかなる線から水野さまの包み金が……包み金でお支払いになった商人のところに押し入った盗賊が奪った、ということでしょうか」

鳥居はぼそぼそと口を動かした。

「いや、そうではない」

水野の目が輝きを放った。鳥居はすぐに、

「お心当たりがございますか」

「真田どのをこちらにお呼びいたせ」

水野は茶坊主に命じた。鳥居は御用部屋から退出しようとしたが、

「よい。そのほうも一緒におれ」

と、命じられ、部屋のすみに控えた。

「真田さま、お越しでございます」

茶坊主の声とともに襖が開けられ、真田幸貫が入ってきた。

「真田どの、昨晩は過分なるお心遣い痛み入る」

水野は、まずは接待の礼を述べた。

真田は会釈で返した。心なしか顔色が冴えない。水野は、口元に笑みを浮かべると、

「なんぞ、困ったことでも起きましたかな」

真田は、「いえ」と口ごもった。

「真田どの、われら、改革の同志でありますぞ。困ったことが起きたなら、なんでもお話しいただきたい。ともに改革を断行せねばならぬのですからな」

真田は、ちらりと部屋のすみに控える鳥居に視線を向けた。

「鳥居なら気遣いなく。わが懐刀であります」

水野に言われ、わずかに喜びの笑みを浮かべ、鳥居は平伏した。

「じつは、昨晩、盗賊一味が当屋敷に盗み入り、金蔵より千両を盗み出したのでござる」

真田は下唇を噛んだ。

「やはりな」

水野はぽつりと言ってから、

「昨晩、本所の町地で鼠小僧を真似たほどこしがあった。四百両ほどじゃ。いずれかの大名屋敷から盗み出したものにちがいないと思っていた。ところが、これにはつづきがあり……」

水野は初鰹騒動を語った。

「当家の包み金が使われたとなると、心当たりがあるのは真田どのに融通した金子じゃ。そこで、これはひょっとして真田どのの屋敷に入った盗賊が、当家の包み金を使って悪ふざけをしたもの、と考えた次第」

水野は終始冷静に語った。

「なるほど、いつもながら見事なるご慧眼、痛み入ります。越前どののご推察どおりとすると、盗賊一味のねらいはなんでござろう」

真田が言うと、

「ご改革に対する嫌がらせではないでしょうか」

鳥居が口を挟んだ。真田は鳥居を見た。

「ご改革を進める水野さまと真田さまをねらっての嫌がらせ、ほかに考えられませぬ」

　鳥居は水野に頭を下げた。

「わしもそう思う。まったく不埒なやつらじゃ。よりによって、わしが真田どのの接待を受けていたときに盗みに入るとはのう」

　水野は不快げに顔をゆがめた。

「なんとしても、捕らえねばなりませんな」

　鳥居が決意を示した。

「そうじゃ。野放しにはできん。これはわれら、いや、御公儀に対する挑戦じゃ。こんな大胆なことをおこなうやつらじゃ、このあと、何をしでかすか……」

　水野の言葉に、真田の顔にも鳥居の顔にも緊張が走った。

第四話　闇御庭番誕生

一

鳥居耀蔵は、幕府の官学を司る公儀大学頭の任にある林家の三男として生まれた。二十五歳のとき、直参旗本鳥居一学の養子となり、翌年鳥居家の家督を継いだ。初出仕は中奥番だった。その後、西ノ丸目付をへて本丸目付に昇進した。水野忠邦の推挙だった。

鳥居が水野の目にとまったのは、天保八年（一八三七）二月に起きた「大塩平八郎の乱」である。

天保四年から七年にかけて、未曽有の大飢饉が全国を襲った。いわゆる「天保の飢饉」である。大坂東町奉行所の与力であった大塩は、飢饉によってもたらされた米価高騰で困窮する大坂の庶民を救済するよう、町奉行跡部山城守良弼に対し嘆願をくり返した。が、嘆願は拒絶された。それどころか、跡部は実兄水野忠邦の指令により大坂の米を江戸に送った。さらには、庶民の困窮をよそに、米を買い占めて暴利をむさぼる商人もあらわれる始末だった。

義憤に駆られ大塩は、救民を掲げ起ち上がったのである。幕臣が公然と幕府に反旗をひるがえした、前例のない異常事件をどう裁けばいいか、幕閣は紛糾した。

当事者である大塩は自決していた。したがって、取り調べも吟味もできない。目付たちは誰も大塩の罪状書を書きたがらなかった。

そうした状況のなか、鳥居は大塩に対する強烈な弾劾状を書いたのである。

鳥居が書いた弾劾状は、大塩を一方的に罪人扱いする内容で、なかには根も葉もない中傷めいた事項も織り込まれていた。大塩が自分の養子の嫁を妾にした、というでっち上げである。

ところが、大塩を幕府に公然と反旗をひるがえした不逞の輩であると強烈に弾劾した鳥居の書状は、水野に高く評価されたのだ。

鳥居は、翌年水野の推挙で本丸目付に昇進し、さらに翌天保十年（一八三九）、悪名高き「蛮社の獄」を引き起こした。

蛮社とは、そもそもが、渡辺崋山、高野長英、小関三英ら洋学者を中心とする研究会「尚歯会」を、国学者が野蛮な結社と蔑視した呼び方である。大学頭という幕府における儒学の総元締めである林家に生を享けた鳥居にとって、洋学にかぶれた尚歯会の連中は国賊と映った。

それに加え、鳥居には尚歯会に対する個人的な恨みがあった。尚歯会の会員伊豆韮山代官江川太郎左衛門との確執である。

蛮社の獄を引き起こす少し前、鳥居と江川は水野の命を受け、江戸湾の防衛にそなえ、測量調査を命じられた。

二人は、おのおの専門技術者を使って測量をおこなった。鳥居が旧式の測量法であったのに対し、江川は高野長英から紹介された西洋式の測量技術者を活用した。報告書といっしょに水野に提出された測量図は、江川のほうが高く評価された。

鳥居の胸に、江川と尚歯会に対する恨みが残った。

その直後、鳥居は尚歯会の会員が海外渡航を企てているという罪状をでっち上げた。会員の一人を抱きこみ、でたらめの内部告発状を出させたのだ。さらには、渡辺崋山が大塩平八郎と通じているとまで話をつくり上げたのである。

鳥居の弾劾により、渡辺崋山は捕縛、高野長英は自首、小関三英は自殺し、尚歯会は解散させられた。鳥居は江川の捕縛もねらったが、江川を高く評価する水野が再調査し、無実であることが明らかになった。

鳥居耀蔵とは、このように敵視する人間は手段を選ばず、徹底して排除する冷酷な男である。

その鳥居が、いまでは改革を断行するうえで水野にはなくてはならない懐刀となっていた。


五月に入り、鳥居は、下谷練塀小路にある自邸の書斎に、徒目付木村房之助を呼んだ。裃に威儀を正した木村は、四十歳前後、痩せぎすで生真面目そうな男だ。

「小人目付木暮元次郎の所在が知れぬとはいかなることじゃ」

鳥居は、おでこを突き出した。木村は威圧されたようにうつむいたまま、

「はい、その、木暮は、道場主をしております下谷山崎町の道場にも姿を見せぬとのことです」

「だから、いつからじゃ」

鳥居の口調に怒気が含まれた。木村は額に脂汗(あぶらあせ)をにじませ、

「先月、十八日に道場を出かけ、それきり行方(ゆくえ)知れずとなっております」

と、声を励ましたが身をすくませ声が上ずっている。

「先月の十八日というと」

鳥居は、部屋のすみにある文机から日誌を取り出した。鳥居は筆まめな男で、日記をつ

ける習慣を持っている。

「おお、そうじゃ。菅沼外記の死亡を報告してきた日じゃ。菅沼外記の死をもって、木暮の役目は完了した。褒美を取らせたばかりであった」

鳥居は小首をかしげた。

「となると、なぜ？　まさか、逐電したのでは」

木村は眉間にしわを寄せた。

「それはあるまい。あの男は隠密仕事に生き甲斐を感じておった」

鳥居はしばらく思案していたが、

「木暮の所在を探れ」

と、乾いた口調で命じた。

木村は、「はっ」と平伏したものの困惑気味である。鳥居はそれを見て取り、

「その方は木暮のことを存ぜぬのだな」

「二度か三度、言葉を交わしたことはございます」

鳥居はうなずくと、

「あの者、公儀御庭番であったのをわしが使えると目をかけて小人目付にした。役目として、木暮は菅沼の死を確かめておった。菅沼の亡骸は、大川の百本杭に引っかかっておっ

たそうじゃ。木暮は、笹川と名乗りそれを確かめに本所藤代町の自身番を訪ね、確証をつかんだと報告してきた。よって、まずは本所藤代町の自身番を訪ねてみてはどうか」

「かしこまりました」

忠義を示すように木村は声を大きくした。

「それと、藤代町の自身番に行ったなら、鼠小僧もどきの盗賊一味がほどこした町人どもの取り調べの様子、確認せよ」

鳥居はほどこしを受けた町人を摘発し、処罰することを水野に主張した。

ところが、先月南町奉行に就任したばかりの矢部定謙も北町奉行遠山景元も、そろって反対した。水野と遠山、矢部は協議の結果、受け取った者の処罰はしないが、今後、ほどこしは一切受けないことを町地に徹底させることにした。

「その方、剣の腕は確かとか」

鳥居に言われ、

「直心影流を少々でござります」

「謙遜するでない。免許皆伝ではないか。頼もしきことじゃ。役目遂行上、剣が役立つことがあるかもしれぬ。その際は躊躇うな」

「承知致しました」

木村は深く頭を下げ、辞去しようとした。すると鳥居は扇子で木村の肩を軽く叩いた。浮かした腰を木村が落ち着けたところで、

「木村、妻が重い病を患っておるとか」

「はい……」

木村は上目遣いになった。

「妻の薬代に加え、男子三人に娘四人の子だくさんとあってはさぞや費えもかかろう」

「楽ではございませんが、何とかやりくりをしております」

「わしはな、厳しいと評判じゃ。それゆえ、煙たがられておることも重々承知しておる。ところがのう、わしに対するそうした評価をわし自身は称賛だと受け止めておる。御公儀のために、御老中水野さまの改革のために身を粉にして働くのは、幕臣として当然のことじゃ。忠義を尽くして働けば働く程、自分にも他人にも厳しくなるのは当たり前。わかるな」

鳥居は目を凝らした。

「ぎ、御意……、に、ございます」

木村は両手をついた。

「厳しいがゆえに役目をしくじった者は手加減せず処罰するし、成果を上げた者には報い

る。信賞必罰をもって部下には臨む。よって、木村、探索の成果を上げれば金子百両を下賜しようぞ」

語り終えると鳥居は立ち上がり、「励め」と扇子で今度は強く肩を叩いた。

「承知致しました」

平伏し、木村は答えた。

百両はありがたい。しかし、役目をしくじった場合の恐怖心も湧き上がる。

「いかん」

強く首を左右に振り、木村は顔を上げた。

失敗を恐れていては役目遂行などできるはずはない。百両をこの手にするのだ。妻に高価な薬を買い与え、子供たちの着物も新調してやるぞ。

木暮の行方、必ず突き止めると固く決意し木村は立ち上がった。

木村は本所藤代町の自身番にやってきた。あらかじめ連絡してあったので、同心の田岡金之助と岡っ引の伝吉が待っていた。

「この前は、小人目付の笹川さまがいらっしゃいました」

伝吉は木村の前に茶を置いた。笹川は木暮の偽名である。木村はうなずくと、

「じつは、その笹川の行方を追っておる」

田岡に聞いた。

「笹川どのが行方知れず、ですか」

田岡と伝吉は顔を見合わせた。

「それがのう、この番所を訪れた翌日から行方が知れん」

木村は田岡と伝吉の顔を見た。

「あのときは、百本杭に引っかかった土左衛門について調べていかれましたよ」

伝吉は書役から帳面をもらい、木村に見せた。

「笹川さまがお調べになった土左衛門です」

「青山重蔵、元御家人か」

木村はつぶやいた。これが菅沼外記か。

「この御家人について、笹川はなにか申しておらなかったか」

木村は青山重蔵の住所を頭に入れた。

「いいえ、ただ、御目付鳥居さまのご用事で来られた、とだけ」

田岡は茶を勧めた。木村は反射的に茶碗を取り、口をつける。帳面をめくると、

「青山のあとも、百本杭に亡骸が上がったのじゃな」

と、顔を上げた。

「胴を一刀のもとに切り裂かれ、そらもう、相手は相当の遣い手でしょうね」

田岡は言うと伝吉を見た。伝吉は怖気をふるった。その様子を見れば、斬った相手がいかに凄腕だったかがわかる。

しかし、木暮も相当な遣い手である。やすやすと斬られるとは思えない。この亡骸が木暮であることはないだろう。

「着ているものすべて剝ぎ取られたうえに、顔まで潰されていましたから。どこの誰ともわからず、無縁仏として処置しました」

田岡は言い添えた。木村は、しばらく帳面に視線を落としていたが、

「ところで、この界隈で起きた鼠小僧もどきのほどこし騒動だが」

と、話題を変えた。

「いやあ、よかったですよ」

とたんに、伝吉は大きく口を開いた。

「よかった？」

木村は非難をこめた目を向ける。田岡は顔をしかめたが、伝吉のほうはおかまいなく、

「お上にほどこされた小判を取り上げられ、処罰までされたんじゃ、たまりませんや。踏

んだり蹴ったりですよ。町人どもに、罪はねえんですからね。たまには、よいことがあってもばちは当たりません」

木村は薄く笑うと、

「ともかく、今後ほどこしを受けたり、受けたとしても、それを届けなかったりという者に関しては処罰することになったのじゃ。町方で徹底して取り締まってもらわぬとな」

と、釘を刺すように田岡を見た。

「ごもっとも」

と、田岡は軽く頭を下げる。

「では、参考までに、ほどこしを受けた町を見せてもらうか」

木村は腰を上げた。

二

木村は田岡と伝吉の案内で、ほどこしのあった町地を見て回った。いずれも、裏長屋(うらながや)と呼ばれる、日当たりも悪ければ風もよく通らない、店賃(たなちん)が安いだけが取り得(とりえ)の住まいである。

木村が訪れると、地主や大家がうやうやしく応対した。

そのなかで、南本所元町の宗兵衛店と呼ばれる裏長屋を訪れたときのことだ。

宗兵衛店は魚問屋遠州屋宗兵衛が地主の長屋である。大家は長兵衛という初老の男で、二十年以上大家を任されていた。

竪川にかかる一つ目橋のたもとにある下駄屋の横の露地を入っていくと、露地木戸がある。二階建て長屋が二棟、そのあいだに九尺二間（間口九尺〔約二・七メートル〕、奥行き二間〔約三・六メートル〕）の棟割長屋という典型的な裏長屋だった。

住んでいるのは、地主が魚問屋ということから棒手振りの魚屋が四人と、職業別ではもっとも多い。あとは紙屑屋、野菜売り、浪人、祈禱師、大工、米つき屋と雑多である。

全部で三十五の家族が住んでいた。

「この、三十五の家すべてがほどこしを受けたのじゃな」

木村は木戸番小屋で長兵衛に聞いた。

「はい、一人をのぞきまして」

長兵衛はおずおずと頭を下げた。

「一人をのぞいて？　ああ、大家のおまえをのぞいてということだな」

木村は、「うん、うん」とうなずきながら長兵衛を見た。長兵衛は、

「いいえ、わしももらいました」

頭をかいてからすかさず、

「このことは、田岡の旦那にも申し上げましたが」

と、田岡を見た。

「ああ、そうであったな」

と、田岡も言い添えた。

「なにもおまえを責めておるのではない。では、ほどこされなかった者は？」

木村は重ねて聞いた。

「義助と申す、魚屋です」

長兵衛は答えた。

「なぜ、その者だけほどこされなかったのじゃ」

木村は長兵衛を見すえた。

「さあて、忘れられたのですかな」

長兵衛は飄々と返した。

「忘れられた。ふん、ありえないことではないが」

木村が言うと、

「とにかく、いい加減な男ですからな。店賃はちゃんと納めるんですが、仕事が終わって家に帰ってきたと思ったら、すぐ、どっかへふらふらと出歩いていきます。よく、木戸が閉まってから戻ってきて、木戸番に迷惑かけてますよ」

長兵衛は愉快そうに笑った。言葉とは裏腹に、義助のことを嫌ってはいないのだろう。

「博打(ばくち)か酒か女か。ま、その全部か、に夢中なんでしょ」

伝吉が横から口をはさんだ。木村は、さして興味を示すこともなく、

「邪魔をした」

と、立ち上がった。

ともかく、青山重蔵の家に行ってみるか。

木村は、「ご苦労さまです」という田岡たちの声を背に歩きはじめた。

そのころ、外記はお勢の稽古所を訪ねていた。

「父上、よろしいのですか。昼の日なかですよ」

玄関の式台(しきだい)にどっかと腰を据え、たらいに汲んだ水で足を洗う外記を、お勢が心配げに覗き込んだ。

「大丈夫じゃ。葬式まで出したんじゃぞ。誰も、わしが生きておるなんて思うものか」

外記は白髪のかつらをつけ、宗匠頭巾をかぶっている。口とあごに白いつけ髭をほどこし、大店の隠居をよそおっていた。

ばつが庭で寝そべっている。

「稽古は休みか」

「今日までは休みです」

通いの使用人も今日までは休みだ。

外記は一階の十畳間に入った。

「ほどこしを受けた町人はお咎めなし、ですって。ひとまずよかったわ」

お勢は茶と草団子を持ってきた。

「ところが、今後はほどこしを受けることを禁ずる。ほどこしを受けたら、必ず届けるよう触書が出た」

外記は草団子を頬張った。

「どうしよう。また、三百両ほどこすんでしょ」

お勢も付き合いで草団子を頬張る。

「そうじゃな」

外記は庭を眺めた。

せまい庭にも初夏が訪れ、若葉の燃え立つような香りが縁側を伝ってくる。ばつは気持ちよさそうに欠伸（あくび）をし、仰向けに寝転がった。

「ねえ、こういうのどうかしら」

お勢は真顔になった。外記は視線をお勢に戻した。

「両国広小路や浅草の奥山みたいに、人の多いところでばら撒くの」

お勢は両手を広げ、小判をばら撒くしぐさをして見せる。

「ばら撒く、のう」

外記は浮かない顔である。

「みんな大喜びで拾うし、どこの誰だかわかりゃしないから、役人だって捕まえようがない。それに、その混乱の中なら逃げやすいし」

お勢は外記を納得させようと畳み込んだ。外記は黙っている。

「三人で百両ずつ、奥山と両国西広小路、東広小路でばら撒けばいいわ」

お勢はすっかり乗り気である。

「それでもいいが、どうものう」

外記は茶をすすった。

「どうしたのです、父上らしくないわ。そんな、うじうじして」

お勢は草団子を勧めた。

「水野の動きが気になる」

「水野さま？」

「ああ、あんなことされて、水野が黙っているわけがない」

外記は縁側に腰かけた。ばつは起き上がり、ぶるぶると身体をふるわせ、外記に走り寄る。外記の足に頬ずりし、くんくんと鳴き声を洩らした。

「ほどこしを受けた人たちを罰しようとしたり、今後ほどこしを受けられなくしたり、といったことは水野さまのご意向でしょ」

お勢は外記の背中に語りかけた。

「それはそうじゃろう。じゃが、初鰹のほうはどうなっておるのじゃ。水野は単に悪質な悪戯（いたずら）だと、このままにはしておかんだろう。探りを入れ、必ずや報復に出てくるはず」

外記は庭を見たまま、答えた。その様子は、どっから見ても日向（ひなた）ぼっこを楽しむ隠居である。

「ずいぶんと心配性になったものね」

お勢は首を振った。

——公儀の後ろ盾がなくなったのじゃ。

外記が口にしかけた言葉をぐっと飲み込んだとき、

「御免」

と、木戸門で声がした。

お勢は立ち上がって、玄関に向かった。


訪問者は玄関で告げた。

「御目付鳥居さま配下の徒目付木村房之助である」

「はあ」

お勢は式台に正座した。

「ちと、聞きたいことがある」

木村は大刀をはずした。すでに家の中に上がる気でいる。

「少々お待ちくださいい」

お勢は木村につくり笑いを送ると、踵(きびす)を返した。

「父上、鳥居さま配下の」

外記はお勢に耳打ちされた。

「通せばいいだろう。わしは、庭でこいつと遊んでおるわ」

外記は縁側を降り、下駄をはいてすたすたと歩いた。木戸門から外記の姿は見られている。隠れては、かえって不審に思われるだろう。

三

「ふだんは常磐津の稽古をしておるのか」

十畳間に通された木村は長屋を見、庭でばつと戯(たわむ)れている外記に目をとめた。

外記はばつに草団子を見せた。ばつは尻尾を振りながら近づいてくる。と、外記はばつに向かって放り上げた。ばつは大きく口を開け受け止める。外記は、「いいぞ」と何度かくり返した。

「大店のご隠居さんで常磐津の稽古にいらっしゃいます。よく犬をかわいがってくださるのですよ」

お勢は、外記を見てから視線を戻し、父を亡くしたことを語った。

「それはそれは」

木村は型どおりの悔やみの言葉を述べてから切り出した。

「拙者の部下、笹川新之助が訪ねてきたと思うが」

「はい。先月の十八日のことでした。父の悔やみに来られたのです」

お勢は答えた。

「なるほど、そのとき変わった様子は？」

「変わったと申されますと？」

お勢は困惑するように、眉を寄せた。

「様子が変ということはなかったか」

木村もなにを聞いていいのか、わからないのである。

木暮が本所藤代町の自身番で外記の死亡を確認し、外記の表の顔が元御家人青山重蔵であることを知った。それで、木暮の足取りを追うべく、ともかくお勢の稽古所に来てみたのである。

お勢は、「さあ」と首をかしげるばかりだ。

「では、拙者も、線香の一本も上げさせていただくとしよう」

木村は、懐紙と矢立てを取り出し、すらすらと自分の名を書き記し、一両小判を包んだ。

お勢は仕方なく、木村を二階の仏間に案内した。

焼香を終え帰っていく木村を見て、ばつは口から草団子を落とし、うなり声をあげた。

ばつには、外記の敵を見抜く本能がそなわっているようだ。

「木暮のことを聞きに来たのか」

外記は縁側に戻り、お勢に聞いた。

ばつは木村がいなくなるといつものぐうたら犬に戻り、庭にねそべった。

「そうです」

お勢は、香典までくれた、と木村が用意した一両小判の包みを外記に渡した。

「鳥居も木暮の行方がつかめず、困惑しておるのじゃろう」

外記は、「がははは��」と身体を丸め、笑った。

「父上、やりましょうよ。小判撒き」

お勢は笑顔を向けた。

外記は断を下しかねるように空を見上げた。どんよりとした厚い雲が広がっている。

「そろそろ、梅雨(つゆ)じゃのう」

外記は座敷に上がり、草団子を頬張った。


木村は鳥居の屋敷を訪れ、今日の報告をおこなった。

「木暮が菅沼の死亡を確認したことは、間違いありません」

「ふむ、そのことはよい。それから何があったか、じゃ」

「一つ気になることが」

木村は、胴を割られた身元不明の亡骸が百本杭に上がったことを語った。

「まさか、それが木暮とは。木暮は東軍流の遣い手。やすやすと手にかかるとは思えん」

鳥居は言ってから、

「ひきつづき探索せよ」

と、吐き捨てるような口調で命じた。

木村は平伏した。

義助のことは黙っていた。なんの根拠もないのに、期待を持たせるような報告をし、後日なんでもないとなることを鳥居は嫌う。

あの一件は、もう少し深く探ってから報告しよう、と唇を噛みしめる。

家族のため咽喉（のど）から手が出るほど百両が欲しい。だが、それだけではない。探索をしている内に徒目付の使命感が湧き上がってもいた。

翌朝、木村は地味な灰色の小袖を着流し、黒地の角帯を締め、深編み笠（あがさ）をかぶって鳥居の役宅を出た。

雨が降っている。

朝六つ半（午前七時）になり、南本所元町の宗兵衛店の露地木戸に立った。

木村は蛇の目傘を差し、長屋の様子をうかがった。

雨のため、住人たちは商売に行けず、戸を閉ざして家にこもっている。居職の飾り職人や米つき屋は、雨に関係なく忙しげだった。義助は家にいるだろう。

木村は、長屋に入った。

露地の溝板から水があふれ、着物のすそまでひたった。子どもが、はだしで喚声をあげながら走り回っている。それを母親らしき女たちがやかましく叱りつけ、家に連れ戻していた。

長屋のあちらこちらから、小判一両をほどこしてくれた「世直し番」に対する感謝の言葉が洩れてくる。

「あらっと、ごめんよ」

義助の家から男が飛び出してきた。腹がけ、股引に半纏、棒手振りだ。これが義助か。

案の定、半纏の背中には、「魚助」と白字で染め抜かれている。

木村は義助のあとを追った。

義助は水びたしの露地を、はだしでじゃぶじゃぶと走っていく。木村は、片手に傘、片手ですそを持ち上げ、大股で追った。

義助は横丁の酒屋に入り、五合徳利を二つ両手に提げてきた。雨のため商売に行けないから、今日は酒盛りというわけか。

木村は拍子抜けする思いで、長屋をあとにした。


その木村と入れ違いに、鞘間の一八が露地木戸をくぐった。もちろん、お互い何者であるか知るよしもない。

一八は足袋と雪駄を懐に入れ、傘を差しながら露地を足早に駆け抜けると、義助の家の戸を叩いた。

「義助、開けとくれ」

「心張りかけてねえよ」

雨音に、義助の間の抜けた声が重なった。

「ごめんよ」

一八は傘のしずくを戸口で切ると、上がり框（かまち）に腰かけ手ぬぐいで足をふいた。

「朝から一杯か、いいね」

一八がからかうように言うと、

「しょうがねえよ。雨には勝てねえ。もう梅雨だ。商売はあがったりだぜ」

義助は一八の茶碗を用意した。

「へへへ、ちがいないね」

一八は義助の前に座った。

四畳半の板敷きに筵が敷いてある。所帯道具は揃っていて、部屋もけっして乱雑ではなく、独り者にしては掃除もまめにしてある。蒲団もきちんと部屋のすみにたたまれ、枕屏風で隠されていた。

「ま、一杯」

義助は徳利を持ち上げ、一八の茶碗に注いだ。

「おや、すまないね」

義助と一八は茶碗を頭上にあげた。

「味噌くれえしかねえけど」

義助は皿に盛りつけた味噌をなめた。一八もなめる。

「ところで」

義助は一八に用件を尋ねた。

「残る三百両についてさ」

一八はうまそうに茶碗酒を飲み干した。義助は、「おお」と笑みを浮かべた。

「浅草の奥山、両国東広小路、西広小路でばら撒くよ」

一八は扇子を開いたり閉じたりした。

「昼の日なかにか」

「そうだよ。おもしろいよ」

一八は扇子をひらひらと振りながら、

「きっと、大変な騒ぎになるよ」

と、踊り出した。

「そいつはおもしろそうだ」

義助は茶碗酒をぐびぐび飲み、

「さ、もう一杯飲みな」

徳利を持ち上げた。

「いや、やめとく。あたしゃ、お座敷があるからね」

一八は立ち上がった。

「いつやるんだ」

「梅雨の晴れ間をねらってやる。お頭(かしら)から知らせが届くさ」

一八は陽気に答えると、「じゃあ、また」と出ていった。

義助は気分よく酒を飲み、やがて寝転がると大鼾(いびき)をかきはじめた。

四

三日後、雨があがり、朝日が顔を出した。

お勢は外記の了解をとりつけ、夕暮れ時をねらって小判ばら撒きを決行することにした。

村山庵斎と真中正助は浅草奥山、お勢と一八が両国西広小路、義助と絵師の小峰春風が両国東広小路を受け持つことになった。

浅草では真中がばら撒き、庵斎が周囲に目配りをして真中の退路を確保する。両国西広小路では一八が撒き役、お勢が目配り役、東広小路では義助が撒き役、春風が目配り役である。

春風と義助、お勢、一八は両国橋の西のたもとで落ち合った。

七つ半(午後五時)である。

三日ぶりの晴天の夕暮れだ。広小路は見世物小屋、床店、露天商、茶店に群がる人々でにぎわっている――はずだった。

ところが、

「お師匠さん！」

一八が叫んだ。

「どうしたんだい、もう店じまいかい」

お勢も大きく目を見開いた。

広小路一帯にあった葦簀張りの見世物小屋も、茶店も、床店も、露天商も、すべてがなくなり、ぽっかりとした空間が広がっている。文字どおり広い道だった。

その広小路を、うつむき加減に家路を急ぐ町人や棒手振りが、ぱらぱらと通っていく。

「あれは」

義助が指差した先に、高札が掲げられていた。

「この地は本来火除け地である。本日より、この地にて遊興、飲食の類の店を出すことを禁ずる」

お勢が読み上げた。

「ひでえや」

一八が首を振った。

「こら、さっさと行け」

橋番所に詰めていた同心が声をかけてきた。触書が行きわたるよう、監視しているようだ。

「鏡ヶ池に行くよ」

お勢は言うと、足早に歩きはじめた。

「なら、あっしはひとっ走りして、真中さんと庵斎師匠に知らせてきやす」

義助は駆け出した。

「おそらく、浅草も同じことだ」

春風がつぶやいた。


はたして、外記の隠居所に集まった庵斎の口から、両国と同様のありさまであることが報告された。

「まさか、あたしらの動きを読んでのことじゃないだろうけどさ、お上、いや、水野さまのやることは情ってものがないよ」

お勢は言った。

「水野はいよいよ、本格的に改革の断行をはじめた。わしらのことよりも、改革で頭が一杯でしょうな」

庵斎は外記を見た。

「倹約、倹約、そして贅沢華美を徹底的に取り締まるのでしょう。近いうちに奢侈禁止令も出るでしょうね」

　真中も言い添えた。

　しばらく、沈黙がおおった。

「どうするのさ。三百両、残ってるんだよ」

　お勢が沈黙を破った。みな、顔を上げる。

「このままじゃひあがっちゃうよ」

　お勢が言うと、みなうなずいた。

　貯えにする二百両に加え、ほどこす三百両も手つかずなのだから、「ひあがる」ことの逆なのだが、身動きがとれなくなった現状を思うと、お勢が「ひあがる」と言っても違和感がない。

「お師匠さん、そんな深刻に考えることはないでげすよ。五百両持ってるんですよ。のんびりと、ほとぼりが冷めるまで、おとなしくしていればいいんですよ」

　一八は元気づけるように、陽気な声を出した。義助もうなずく。

「そりゃ、そうだけどさ」

　お勢はため息をついてから、

「あたしゃ、悔しいね」

と、声を振りしぼった。

「いや、わたしも一八の考えと同じだ。ここは、おとなしく残った金で食いつなげばいい。余計なことはせんことだ」

春風があご鬚を引っ張った。

「ちょいと待ちなよ。それじゃ、菅沼組の仕事はどうなるんだい、ええ。世直し番なんて、高札まで立てて、やらかしたんだよ。水野や改革に一杯食わそうと誓った心意気はどこへ行ったのさ」

お勢はまくし立てた。

「そんなこと言ったって、姉さん、どうすりゃいいんです」

義助は口を曲げた。

「お師匠さん、お上の目を甘く見ちゃいけませんよ。あたしらが、またほどこしや小判撒きなんてやったら、たちまち御用ですよ」

一八は春風を見た。

「そうそう、みんなして小塚原か鈴ヶ森で獄門首だ」

春風は、手で首を切る真似をしてみせた。

「ああ、それでもいいじゃないか。いっしょに三途の川を渡ろうさ！」

お勢は啖呵を切った。

「そんな、姉さん、自棄になっちゃいけませんよ」

義助はとりなすように腰を浮かした。

「ちょいと、真中さん、あんたはどうなんだい。さっきからつん黙ってるけどさ」

お勢は真中を見た。真中はしばらくうつむいていたが、

「わたしはお頭に従います」

と、顔を上げた。

「なんだい、あんたの考えを聞いているんだよ。自分の考えはないのかい」

「お頭に従うのがわたしの考えです」

「はっきりしないねえ、あんた」

お勢は横を向いた。

「まあ、まあ」

庵斎がたまりかねたように言った。一句ひねって場を和ませようと、矢立てと懐紙を取り出す。が、お勢の険のある顔を見て、逆効果になると懐にしまい、外記を見た。

外記は、先ほどから無表情でお勢たちのやりとりを聞いている。

どうする。菅沼組が割れた。

このままでは菅沼組は解散だ。

解散なら解散でかまわない。

「みんな、いっそのこと解散するか」

無表情のまま外記は口を開いた。みな、驚きの目を向けてきた。

「いままで、よくわしについてきてくれた。礼を言う」

外記は頭を下げた。

「ちょっと、父上。いきなり、冗談はやめてくださいよ。それとも父上まで弱気になったんですか」

お勢は歯噛みした。

「そうかもしれん。だが、解散とは言わんが、菅沼組としての活動は、しばらく休むとしよう。五百両は、みなに等分に分ける。それをもって、おのおの暮らしていけ。幸いなことに、みんなには食うに困らぬ生業(なりわい)がある。これからは、その生業を表の顔とするのじゃ。いや、表というよりは表も裏もなく、生業で暮らしていく、ということじゃな」

外記は一同を見回した。

みな、うつむいている。

義助がすすり泣きをはじめた。釣られたように、一八も涙をぬぐう。

「庵斎、金を」

外記にうながされ庵斎は、居間のすみにある手文庫から包み金を出してきた。

「配れ、わしも含めて等分にな」

庵斎は、七十両ずつみなの前に置いた。

「十両が残ったが、これで別れの宴を催そうぞ」

外記が言うと、義助や一八、春風が酒と肴をととのえ宴会となった。

外記はお勢に長唄を所望したが、

「そんな気になれるもんですか」

お勢は顔をしかめた。

代わって一八が無理して座を盛り上げようと奮闘したが、宴は半刻（約一時間）ほどでお開きとなった。そしてこれが、

「呆気ないもんだね」

お勢が洩らしたように、菅沼組の解散を告げるものだった。

ばつの鳴き声が、闇夜にひときわ寂しく響きわたった。

五

一八は浅草三間町（さんげんちょう）の自宅で目を覚ました。

梅雨明けにはまだ日があるが、この日は初夏の明るい日差しが長屋にさしこみ、家でじっとしているのがもったいないような気分だ。

「出かけるか」

もぞもぞと蒲団から這い出した。

半刻後、一八はふらふらと不忍池（しのばずのいけ）のほとりを歩いていた。

当面の生活には困らない。なにもこの厳しいご時世に、無理して幇間の仕事なんかすることない。のんびり酒でも飲みながら暮らそう、と、三日くらいは過ごしたのだが――。

三日も過ごしていると身体がうずくというか、幇間の虫が動き出すというか、近所の者や、棒手振りにまでよいしょをしている。

そんな幇間の虫に突き動かされるように、不忍池までやってきた。

以前だと、このあたりは茶店や出合茶屋が軒（のき）を並べ、男女の逢瀬（おうせ）に使われたりしていた。

いまは、ぽつんと三軒ばかりがかろうじて店を開けている。男女の逢瀬には利用されない、茶と菓子のみを売る店ばかりだ。

一八はぶらりとそのうちの一軒に入った。客寄せに雇っていた若い娘はひまを出され、年寄りの夫婦のみで細々といとなんでいる。

「いらっしゃい」

前かけで手をぬぐいながら主人が出てきた。痩せた老人である。

「茶とみたらし団子ね」

一八は横長の床几(しょうぎ)に座った。

床几も以前は緋毛氈(ひもうせん)が敷かれていたが、いまでは地味な茶の風呂敷を申し訳程度に敷いてあるだけだ。葦簀越しに日がさしこみ、一八の顔に縞(しま)模様をつくった。

「ご時世だね」

店内には一八のほか、客はいない。

「しっ、めったなことを言うもんじゃありませんよ」

主人はあわてて言った。ついで枯れ木のような身体を屈(かが)め、

「どこで見張っているか、わかったもんじゃありませんよ」

と、小声でささやいた。

「そんなにお取り締まりが厳しいのかい」

「昨日も、酒に酔ってご政道の悪口、悪口と申しましても、このあたりがすっかり寂しくなった、って、そう言っただけなんですけどね」

それを、店の中にいた行商人風の男が聞きつけ、番屋に引っ張っていったのだそうだ。行商人は町奉行所の隠密廻りであったらしい。

「へ〜え」

一八は扇子を出そうとして引っ込めた。目立つのはよくないらしい。

主人はみたらし団子と茶を置くと、さっさと店の奥に引っ込んだ。

一八はみたらし団子を頬張り、池を渡ってくる涼風に吹かれながら弁財天(べんざいてん)や蓮(はす)の葉を眺め、煙草(たばこ)を一服すると店を出た。

——このまま家に帰ってもなあ。

幇間の虫がうずいた。

池のほとりを黒地の着物に羽織、雪駄ばきという大店の旦那風の男が歩いてくる。

どこかで見たことがある。

案の定、向こうも一八を知っていると見えて、微笑みを向けてきた。

「こらどうも、旦那、てへへへ」

「ああ、どっかで会ったっけ」

男はにこやかに答えた。

「そりゃご挨拶ですよ。お忘れですか、この、愛らしい顔、一八でげすよ」

一八は、右手で顔をつるんとなでた。

「ああ、一八か」

男はうなずいた。

「ええっと、その」

一八は口ごもった。男の名前が思い出せないのだ。どこか、上野界隈の料理屋の座敷に呼ばれたにちがいないのだが、肝心(かんじん)の名前が出てこない。

――だめだ、しくじってしまう。

焦(あせ)る気持ちを抑え、

「旦那、食事まだでげしょ」

名前を忘れたことを悟(さと)られないように早口で言った。

「ああ、まだだ。いっしょに行くか」

男は笑みを浮かべた。

「喜んで、お供いたします」

「鰻(うなぎ)でいいか」

男は、すたすたと池之端仲町のほうへ歩き出した。

——鰻屋に着くまでに思い出せばいいか。

一八は、のどに魚の骨が引っかかったような思いで、男についていった。


鰻屋に着いても、一八は男の名前を思い出せない。

女中に案内され、二階に上がった。不忍池を見下ろせる風通しのよい部屋である。池の面にさざ波が立ち、蓮の葉の緑が映えていた。

一八は女中に愛想をふりまいたが、女中はうつむいたまま、ろくに返事を返さない。時局がら、余計なことは話さないようにしつけられているのだろう。

「いやあ、なかなかうまそうな店でげすな。さすがは旦那、よい店をご存じで」

とりあえずよいしょをしてみた。

「調子のよいことを言って」

と男は苦笑すると、鰻の蒲焼きと茄子の漬物を頼んだ。

しばらくよいしょをつづけると、女中が茄子の漬物と銚子を持ってきた。男に勧められ、一八は漬物を口に入れ、酒で流し込んだ。

思わず顔をしかめそうになる。

酒といい、漬物といい、はっきりいってまずい。酒は古酒(こしゅ)をやたら熱くしている。漬物はろくに糠(ぬか)に漬かっていない。

ところが、そんなことはおくびにも出さず、

「いえね、あたしゃ商売柄、旦那方に連れられほうぼうの鰻をご馳走(ちそう)になってますんでね、漬物を食べただけで、その店の鰻の味がわかるんですよ。こら、なかなかのもんでげすよ」

一八は陽気に言った。

「ほう、そんなにほうぼうに。たいしたもんだな。どこの旦那衆に贔屓(ひいき)にされてるんだ」

男は銚子を向けてきた。

「ええ、そらもう、いろいろと楽しいお遊びを。てへへ」

一八は、扇子で額(ひたい)をぴしゃりと打った。

突然、男は一八の右手をつかんだ。

ぎょっと目を見開くと、

「そうか、その話、くわしく聞かせてもらいたいもんだな」

男は冷たく言い放った。

「旦那、なにをなさるんで、乱暴はいけませんや」

一八は扇子を落とし、悲鳴をあげた。

「黙れ、お上を畏れぬ、贅沢華美な遊びにうつつを抜かしおって」

男は、羽織の背中を開け、帯に挟んだ十手を出した。隠密廻りだ。

「しくじった」

一八はがっくりうなだれた。

「さあ立て、縄は打たん。番屋まで同道いたす」

隠密廻りは十手でぴしゃりと一八の尻を叩いた。

六

お勢と庵斎は外記を訪ねた。

雨が、鏡ヶ池の面を針のように刺している。

木戸門をくぐると、ばつが母屋の縁の下から顔を覗かせた。雨戸は閉じられていないが、縁側に面した障子はぴたりと閉まっている。

お勢は玄関の格子戸を開け、

「父上、ごめんなさい」

と、呼びかけた。返事がない。

「お頭」

庵斎が呼んでも同じだ。

お勢と庵斎は、「留守か」と顔を見合わせたが、式台の下には外記の草履、下駄、雪駄が揃えられている。

二人は小首をかしげながら、縁側を伝って十畳間の前まで歩き、

「父上」

お勢が障子を開けた。

「まあ」

お勢の顔色が変わった。

外記が腹ばいになってもがき苦しんでいる。

顔色は真っ青だった。

芋虫（いもむし）のようにのたくり、左手で胸を押さえ、右手を救いを求めるかのように差し出している。

かたわらには、空になった茶碗が転がっていた。

毒を盛られたのであろう。

「お頭！」

庵斎は外記に駆け寄り、

「お勢ちゃん、水だ、水を！」

と、叫んだ。

お勢は無言で部屋を出ていった。

外記は激しく首を振ると、芋虫のように這（は）い、縁側に出た。

「お頭、しっかりなされよ」

庵斎はなす術（すべ）もなく、外記のかたわらにうずくまった。

外記は苦しげに身体をぴくんと跳ね上げると、庭に向かって激しく嘔吐（おうと）した。

「はあ、はあ」

嘔吐が終わると、外記は肩で息をした。そこへ、

「これを」

お勢がどんぶりに水を汲んできた。

外記は不機嫌な顔で受け取ると、一息に飲み干した。そして、無言のままどんぶりを差し出し、お代わりを催促（さいそく）した。

驚きの目で見返すお勢に、

「お勢ちゃん、心配ない」

庵斎が笑いかけた。

「毒を盛られたんじゃないの」

お勢が言うと、外記は舌打ちしてうつむいた。

「酒じゃよ。お頭、飲めない酒をお飲みになったのじゃ」

庵斎は腹を抱えた。

「なんだ、人騒がせね」

お勢は縁側にへたりこんだ。

「わしにとっては、毒を飲んだようなもんじゃ」

外記は照れ隠しのためか不機嫌に言い捨て、座敷に戻った。

庵斎もつづく。

お勢は台所へ向かった。

外記がいうには、菅沼組を解散し無聊(ぶりよう)をかこつことになった。酒でも飲んでみるかと、この前の宴会で残っていた酒を、

「茶碗に一杯だけ」

外記は畳に転がっている茶碗を拾い上げた。

「その一杯で」

庵斎は苦笑した。

「一息に飲み干して、しばらくすると、もうだめじゃ。心の臓がバクバクと高鳴り、胸が苦しくなり、頭がズキズキとし、居ても立ってもいられなくなり、ただただ、畳をのたうちまわる羽目になった」

「吐いたおかげでずいぶんと楽になったでしょう。酒は吐きながら覚えるものです」

「そうか。だが、まだ、ズキズキする」

外記はこめかみを指で押さえた。

「父上、二日酔いにはこれがいいのですよ」

お勢は盆の上に水と白湯(さゆ)、それに梅干しを添えてきた。

「二日酔いではないが、ま、試してみるか」

外記は水を飲み干した。ついで、白湯に梅干しを入れ、ゆっくり味わうように飲み込んでいく。

「酒はやめておこう。ところで、なんだ？」

額を指でこすりながら、外記は視線を庵斎とお勢に向けた。

「みな、難儀(なんぎ)しております」

庵斎は語りはじめた。

「一八のやつが、隠密に捕まりました」

「なぜじゃ？」

庵斎は、一八が鰻屋で捕まった一件を語った。

「結局、番屋で百叩きにされただけで放免になったそうですが、今後は遊興の類は戒めるように、お上が営業を認めている料理屋で、身元確かな客相手に身を慎んだ芸をせよ、ときつく言い渡されたそうです」

「ふん、幇間が身を慎んだ芸とな、馬鹿もたいがいにせい」

外記は梅干しを舌で転がし、顔をしかめた。

「それから、ほかの連中も」

庵斎は、義助、真中、春風のそれぞれの失敗談を語った。彼らは一八のように奉行所に捕まったりはしなかったが、それぞれに失敗をしでかしていた。

義助は雨が降りつづき、七十両が手元にあることですっかり酒びたりとなった。梅雨の谷間の晴れた日に商売に出たのはいいが、昼飯を食べようと立ち寄った一膳飯屋で、つい一杯のつもりが飲みすぎてしまった。

盤台の魚はくさった。そんな魚を持ってお得意の大店を回った。お得意からは大目玉を食らった。

そんなことが何日かつづき、出入り禁止となってしまった。

真中正助は、師範代をつとめる道場近くの寺の境内で、居合の腕を披露することになった。関口流のほかの道場も参加し、藁人形を居合で斬る競技がおこなわれた。真中は道場を代表して出場した。

道場の期待を一身に集め出場した真中だったが、つい、いつものくせで藁人形を峰打ちにしてしまった。出場者は一刀で両断することが求められていたため、真中は失格してしまった。

真中は道場の面汚しと陰口を叩かれ、いづらい立場にあるという。

小峰春風は、その写実的にすぎる画風が災いした。

日本橋の大店の依頼で娘の絵を描いたのはいいが、いつものように写実的に描きすぎ、豚のような絵になってしまった。

今回はそのうえ、叱責を受けると、娘の団子鼻をさらに強調する絵にしてしまった。当然、出入り禁止である。

「……と、まあ、みな難儀しております」

庵斎は語り終えた。

「それはたしかに難儀なことじゃ。じゃがな、生業で生きていくにはそうした試練を乗り越えねばな」

外記は白湯を飲み干した。

「それはそうですけどね。あたしは、みんながそんなどじを踏むっていうのは、生きる張り合いをなくしたからだと思うのです」

お勢は言った。庵斎もうなずく。

「張り合いのう」

「お頭だってそうでしょう。菅沼組の仕事がなくなり、張り合いをなくしてしまったから、飲めない酒飲んで、もがき苦しむことになったのでしょう」

庵斎が言うと、外記は顔をしかめた。

「だからね、もう一度やりましょうよ。菅沼組みんなで世直しを」

お勢が言った。

外記はしばらく思案のあと、

「世直しと申しても、なにをすればよいのか」

と、ぽつりと洩らした。

しのつく雨が縁側を濡らす。突然、庵斎が、

「はや見たし梅雨明け空にかかる虹（にじ）」

と、一句ひねった。

「そうさ、ぱあっと虹をかけましょうよ」

お勢は両手を打った。

外記は一すじの光明を見出（みいだ）そうと、雨空を見上げた。

七

外記は、大奥出入りの小間物問屋相州屋重吉（そうしゅうやじゅうきち）に扮（ふん）し、江戸城に入った。出入りの鑑札（かんさつ）は御庭番であったころ、御側御用取次の新見正路から支給されていた。

外記が江戸城に入ったのは、将軍家慶に会うためである。

自分の仕事は家慶を護（まも）ることからはじまった。菅沼組の忍び御用も、家慶の意向を受けておこなわれてきたのだ。

家慶に会ってどうなるか、わからない。

しかし、会いたかった。

会ったら、殺されるかもしれない。

水野の命令で殺されかけたと信じているが、ひょっとして家慶の意思であるかもしれないのだ。

が、それならそれでかまわない。

とにかく家慶に会えば、今後進むべき道が明確になるような気がするのだ。


外記は湯殿近くの坪庭を箒で掃きはじめた。

まもなく、白木綿の浴衣に身を包んだ家慶が、梅之間にあらわれた。ここは、湯上がりの将軍が休息をする部屋である。家慶は風を入れようと、襖を開けた。

庭を掃いていた外記は、片膝をついた。

「梅雨はもう明けたか」

家慶は縁側に出ると、晴れわたった空を見上げた。

「御意」

外記は声を放った。家慶の頬がぴくりとした。

「上さま、しばらくでございます」

外記は顔を上げた。

家慶は、一瞬言葉を詰まらせたが、

「外記か、外記であるのか」

縁側にしゃがんだ。

「いかにも外記にございます」

外記は満面に笑みをたたえた。

「しばらく、ここで休む」

家慶は小姓に告げると、外記を部屋に上げ、襖を閉めた。

「新見からそのほうが死んだと聞いた。夜釣りをしておって大川に足をすべらせ、溺れたと」

家慶は興奮しているのか早口で言った。

「溺れ死ぬところでした」

外記は、水野の用人飯田と会食してから、百本杭に流れ着くまでの経緯を語った。

「なんと。では、越前がそのほうを亡き者にせんと企てたのか」

家慶は、驚きの目を外記に向けてきた。

「おそらくは」

外記は短く肯定の言葉を述べるにとどめた。

家慶は苦悩の表情を浮かべ、脇息に身を任せた。

「改革に役に立つ男をなぜ……」

「上さま。そのご改革について、でございます」

外記は、静かに家慶を見上げた。

「上さまにとりましても、水野さまにとりましても、ご改革は永い年月にわたって夢見られたご宿願と存じます」

「そのとおりじゃ」

「では、お尋ね申し上げます。ご改革の目的は、いかなることにござりますか」

外記は真摯な眼差しを家慶に向けた。

「傾いた、公儀の財政を立て直す」

家慶は落ち着いた口調で答えた。

「それは、いかなるためにござりますか」

外記はていねいな口調で質問を重ねた。

「民が安寧に暮らせるような国をつくるためじゃ」

家慶が言うと、外記は平伏し、

「まことに畏れ多いことではありますが、民が安寧に暮らすとは、いかなることでござりましょう」

と、声を励ました。

家慶はしばらく考えていたが、顔を輝かせ、

「若かりしころ、そのほうに連れられ町人どもの暮らしを見た。町人どもは、実に楽しげであった。余はうらやましく思った。あんな暮らしがつづくことが、民にとっての幸せ、安寧に暮らすということじゃ。夷狄どもに侵されることなく、盗賊どもが横行することなく、泰平な世がつづくよう公儀の財政を立て直さねばならんのじゃ」

家慶は興奮のためか、頬に朱がさした。

「では、上さま、ご改革のありさまをご覧になりたいと思し召しませんか」

外記は顔を上げた。家慶は目を細める。

「そうか、町人どもの暮らしを探策いたすか」

家慶は外記に連れられていったお忍びの江戸探索を思い出したのか、喜びの表情を浮かべた。

「では、明日、昼八つ（午後二時）でいかがでございますか」

外記が言うと、

「よかろう。昼からは風邪をひいたことにして政務を休む」

家慶は笑顔を向けた。

翌日の昼八つ、外記は和田倉御門近くの評定所前にやってきた。現在では、ほとんど有名無実になっている。それでも、投書に来る連中はいた。

目安箱が設置してある。八代将軍吉宗が庶民の声を政に生かそうと設置した。

外記は縞模様の着物を尻はしょりにし、半纏、股引姿である。旗本の中間といった扮装だ。肩に挟み箱を担いでいた。

やがて、評定所に隣接する伝奏屋敷の裏門から家慶があらわれた。

明暦の大火で、江戸中が炎に包まれた。江戸城も例外ではなく、天守閣は焼け落ち、それ以来再建されていない。

こののち、万が一の大火にそなえ、将軍を逃がす秘密の通路が城内のあちらこちらに設けられた。

外記はそのすべてを把握しているわけではないが、家慶が伝奏屋敷から出てきたことからすると、中奥御休息の間にある床の間の背後に設けられた隠し部屋から、伝奏屋敷の書院の床の間背後の隠し部屋につながる通路を活用したのであろう。

家慶は、深編み笠をかぶり、黒木綿の小袖に袴という地味な格好である。外記といっしょであれば、中級旗本とその中間に見られてもおかしくはない。

「外記、どうじゃ」

家慶は自分の扮装を尋ねた。声の調子から、お忍びの江戸探索に対する期待感が感じ取れる。

「まことにもってお見事でございます」

外記は片膝をついた。

八

外記は家慶をともない、両国西広小路にやってきた。

「殿さま、お懐かしゅうございましょう」

外記は言った。呼び方も、「上さま」から「殿さま」にすることで、家慶とは合意している。

この時代、目上の者に対する敬称は、身分によって明確である。将軍の直参である旗本においては、千石以上は「御前さま」、未満は「殿さま」、さらに二百石未満は「旦那さま」と明確に区分されていた。

家慶は、自分を中級旗本千石未満と位置づけした。このため、呼び方も、「殿さま」ということである。

「ここは、なんと申すところじゃ」

家慶は、深編み笠越しに視線を這わせた。

あたりは、がらんとした空間が広がるばかりである。空間の突き当たりに大きな橋がかかり、わきに番所らしき小屋がある。

行き交う人々も、せわしげに通り過ぎるのみだ。

「お忘れでしょうか。それ、あそこでございます」

外記は、がらんとした空間の一角を指差した。

「なんじゃ？」

家慶は怪訝な声を出した。

「かつて、あそこにあった茶店で、殿さまと草団子を食しました」

外記は言った。

「おう、そうであったな。そういえば、あの橋、見覚えがあるぞ」

家慶は深編み笠を上げた。

「たしか、あのときは、このあたり、たいそうにぎやかであったが。そうそう、見世物小屋、床店、露天商どもが競い合うように立ち並んでおった。それが、なんとしたことか」

家慶が首をかしげると、

「殿さま、あれをご覧くださりませ」

外記は橋のたもとに立てられた高札を指差した。

家慶は外記をともない、高札の下まで歩いた。

「火除け地であるから、店を立ち退かせたか。遠山、矢部の指示か。いや、そうではあるまい。越前が両名に命じたのであろう」

家慶はうつむいた。

外記はそのことについてなにも言わず、

「では、浅草奥山に参りましょう」

と、家慶にささやいた。


外記は家慶をともない、浅草奥山にやってきた。

このあたりは浅草寺の裏手にあたり、以前は両国広小路同様、見世物小屋、茶店、露天商、大道芸人たちが連日庶民を楽しませていた。江戸庶民にとっての娯楽の場であった。

それが、

「これはなんとしたことじゃ」

家慶はうめいた。

ぽつんと茶店が二軒、細々と商(あきな)っているだけである。

「あそこでございます」

外記は松の木の横を指差した。

「見世物小屋があったのう。竹細工でつくられた仁王(におう)像が見事であった」

家慶は往時を懐かしむように、ため息を洩らす。ついで、たまりかねたように周囲を駆け回った。

「ここで、独楽(こま)回しが芸を披露しておった、ここで居合の見世物をやっておった、それからここで……」

家慶は奥山一帯を走り回ったあと、言葉を詰まらせた。

「殿さま、お疲れでございましょう。少し休みましょうか」

外記は家慶を茶店に誘った。

「ところてんをくれ」

店の主人に告げると、外記は黙って家慶を見た。

家慶は深編み笠を脱ぎ、居心地悪そうに床几に座った。床几には申し訳程度に風呂敷が敷かれているだけだ。

「申し訳、ございませんです」

主人はところてんを床几に置くと、改革以来毛氈(もうせん)は贅沢品として使用することを禁じられた旨、言い添えた。

「気にいたすな」

家慶はところてんをすすり上げた。

外記と家慶は無言でところてんをすすり終えると、外記が代金を払い、店を出た。

すると、

「痛いではないか」

酒くさい息を吐きながら、見るからに浪人といった男が家慶にぶつかってきた。

「そのほうが、余に、いや、わしにぶつかってきたのであろう」

家慶は毅然と言い放った。

「なにを。人の足を踏んでおいて、なにを言う」

浪人がわめくと、たちまち仲間と見られる浪人たちが、うようよとあらわれた。

「なんだ、どうした」

浪人たちは家慶と外記を取り囲んだ。総勢六人である。

「無礼であろう」

家慶は睨んだ。

「無礼なのはどっちだ。こっちは足を踏まれたのだ。きちんと詫びたらどうだ」

浪人は目をぎらつかせ、凄んだ。

「お侍さま、大勢でたった一人を脅し上げるのは、侍の沽券にかかわりましょう」

外記は家慶の前に立った。

「なにを。中間風情が、引っ込んでおれ。今日のところは金で勘弁してやる。金を出せ。十両で勘弁してやろう」

浪人たちはにやにや笑い出した。

「金なぞ、出さぬ」

家慶はまたも毅然と言い放った。

「そうか、おもしろい」

浪人たちは抜刀した。

外記は挟み箱で正面の浪人の顔面を殴った。

浪人はうめきながらうずくまる。

浪人たちの輪が乱れた。

外記は、うずくまった浪人の大刀を奪い、三人を峰打ちにした。

「おのれ」

残る二人が刀を振り回しながら襲ってくる。

「でや!」

外記は二人に右手を突き出した。二人は後方に跳ね飛ばされ地面に落ち、動かなくなった。

「殿さま、まいりましょう」

外記は動かなくなった浪人たちを残し、家慶と奥山を去った。

浅草新寺町通りを行く道々、

「外記よ、改革は間違いなのか」

家慶は洩らした。

外記は無言である。

「いや、改革は必要じゃ。じゃが、民を苦しめるばかりでは……」

家慶は立ち止まった。寺の白壁が夕陽を受け、茜色に染まっている。

「余は、民の喜ぶ顔が見たい」

家慶は、夕陽に染まった顔を外記に向けてきた。

「はい」

外記は片膝をついた。

「外記、これからは余だけの庭番となれ。越前の行きすぎたやり方に灸をすえる役目を担うのじゃ」

「はい」

「余だけの庭番。いわば闇の庭番とでも申すべきか」

「闇御庭番でございますか」

外記が返すと、家慶は首を捻り、

「そうじゃ。ただし、余のためだけであってはならぬ。よはよでも世の中のためになる御庭番となるのじゃ」

「闇御庭番、まことありがたき幸せに存じます。では、闇御庭番にさっそくにお役目をお命じください」

「そうじゃな、余に民の喜ぶ顔を見せてくれ。やりようは外記に任せる」

家慶は、今日初めて晴れやかな顔になり、沈む夕陽を見つづけた。

第五話　髷盗り

一

五月半ば、菅沼外記の鏡ヶ池の隠居所に菅沼組が集まった。

「一八、大丈夫か」

外記が幇間の一八に声をかけると、

「どじ踏んじまいました」

一八は、面目ないとばかりに扇子でぴしゃりと額を打った。

「それにしても陰険なやり方だね」

お勢が言うと、みな、口々に老中、水野忠邦の秘密警察と化した町奉行所のやり方を非難した。

「町方ばかりじゃありませんよ。鳥居耀蔵配下の徒目付、小人目付などの隠密が市中を徘徊し、功を競うように罪人の摘発に当たっております。町方も鳥居に焚きつけられてるんですよ」

小峰春風の声にも怒気が含まれている。

「しかも、鳥居の隠し目付ときたら、罪人なんて呼べない者たちを罪人に仕立ててやがるんだ」

義助は口から泡を飛ばさんばかりの勢いである。

「罪人に仕立てる？」

外記は義助に視線を向けた。

「鳥居配下の隠し目付が客になりすましましてね、ねらった店先でご禁制の品を買い求めるんですよ。店のほうじゃ売れないって断るんですがね、しつこくねだって、しかもそのねだり方だって尋常なもんじゃありやせん。店先で大の字になって売ってくれるまで動かねえなんて。そんでもって、仕方なく店が売ろうもんならそこでお縄って寸法でさあ」

義助は憤慨（ふんがい）した。

「なにが改革ですか！」

春風は畳を叩いた。

「お頭（かしら）、菅沼組でなにかできませぬか」

真中正助が言った。

「そうですよ。なにかやりましょうよ」

お勢も応じた。

みな、「やろう」と声を揃えた。外記はじっとそれを聞き、

「みんなの気持ちはわかった」

と、言って一同を眺め回し、

「じつは、先日上さまにお会いした」

家慶と忍びで市中を探索したことを語った。みなの口から、驚きとため息が洩れた。

「市中のありさまをご覧になり、上さまにおかれても改革が民を苦しめていることを憂えておられた。と申して、改革を止めるわけにはいかん。そこで、民の喜ぶようなこと、水野や鳥居に灸をすえるようなことをせよ、とわしは命じられた」

「民の喜ぶこと」

村山庵斎は外記の言葉をなぞった。

みな、固唾(かたず)をのんだ。

「わしは、水野の懐刀鳥居耀蔵を懲(こ)らしめてやろうと思う」

外記は言った。

「そうだ。鳥居をやっつけやしょう」

義助が右手を上げた。

「異存ないな」

確認するように、外記はみなを眺め回した。みな、目を輝かせている。

「では、鳥居を懲らしめるとして、なにをするか、だが。わしは、鳥居の髷を盗んでやろうと思う」

「そいつはおもしろいでげす」

一八は扇子をひらひらさせた。

「しかも、決行するにあたり高札に掲げ、堂々と予告する」

外記はニヤリとした。

「庶民は喜びますぞ」

庵斎は何度もうなずいた。

「よし、みんなに異存なくば」

外記は言葉を区切った。

「やりやしょう」

まず義助が応じ、ついでみないっせいに、

「やるぞ！」

と、満面の笑みを見せた。

「そうと決まれば、鳥居の身辺を徹底的に調べるのじゃ」

落ち着いた口調で外記は命じた。

座敷で盛り上がる外記たちをよそに、ばつは庭ですやすやと寝息を立てていた。


一方、鳥居のほうである。

自邸の書斎で、鳥居は徒目付木村房之助と用談していた。

「まだ、なんの手がかりもつかめんのか」

鳥居はおでこを突き出し、口元に冷笑を浮かべ、木村を見下ろしている。木村は、鳥居の前で蛙のように這いつくばっていた。

「役に立たぬ男をいつまでも使う気はない。改革がはじまり、もはや躊躇は許されんのじゃ」

鳥居は冷然と言った。おでこがわずかに汗で光っている。

「申し訳ございません」

木村は汗みどろになった。

「申し訳ない、で、すむと思うのか」

鳥居はねちねちとした言い方になった。猫が鼠をいたぶるように、木村を問責することを楽しんでいる。

「は、なにも手がかりがないわけではございません」

木村は、苦しまぎれに義助のことを持ち出した。

もっと役立つ情報を手に入れてから報告したいと思っていたが、背に腹は代えられない。今、鳥居から役立たずと評価されてしまっては、役目を外されてしまう。百両も獲らぬ狸の皮算用となり、徒目付の意地も見せられない。

「ほう、一人だけほどこしを受けなかった者がのう」

幸い、鳥居の興味を引いたようだ。

「その者、もっと探れ」

「はい」

「その者の身辺を徹底して調べ上げるのじゃ」

鳥居の嗅覚が反応した。こうなると、鳥居は執拗だ。黒白がはっきりするまで容赦なく調べることを強要する。

「それと、真田さまの下屋敷を訪ねよ」

鳥居は元の冷静な口調に戻って、真田幸貫の名を出した。

「先日の盗賊を調べるのでございますね」

木村が聞くと、鳥居は、「当たり前だ」と顔をしかめ、

「真田さまにとっては、御家の恥であるから、千両を盗まれしこと、公にはできん。それゆえ、盗賊の様子など調べようがなかったが、水野さまが説得してくださり、ごく内密にならば、という条件で事情を聞くことに応じてくださった。ついては、そのほう、くれぐれも外に洩れぬように調べ上げるのじゃ」

鳥居はほとんど唇を動かさずに命じた。

「かしこまりました」

木村は平伏する。

「それと、御船蔵近くの屋敷に、これを届けよ」

鳥居は手文庫から二十五両の包み金を二つ取り出し、木村の前に置いた。

「はは、かしこまりました」

木村はうやうやしい態度で受け取った。

鳥居は声をひそめ、「すまん」とつぶやいた。

鳥居邸を出ると、木村は一通の書付を見た。

真田家江戸留守居役真壁信吾郎、と鳥居が書いたものだ。深川小松町の下屋敷に真壁を訪問すれば、盗賊が押し入ったときの蔵番であった藩士に話が聞けるよう、手配りしてくれるという。

木村は真田家下屋敷に向かった。

ふと、義助のことが気にかかる。

鳥居には苦しまぎれで不審人物かのように名を挙げたが、あの雨の日の行状(ぎょうじょう)を見る限り、とても大名屋敷に押し入って金を盗み、それをほどこすなどという大胆なことができる男でない。

調べるだけ無駄なのだが、鳥居のことだ、おざなりの調査で満足するはずがない。かといって、自分一人で義助の行動や出入りする者たちを調べることはできない。どうしたものか――。

木村の胸に、鳥居に対する恐怖心が広がった。

二

木村は真田家下屋敷に到着すると、御殿の客間に通された。

十五畳の座敷は質素な調度品で飾られた、掃除の行き届いた部屋である。襖が開け放たれ、初夏のまぶしい日差しが部屋中にさしこんできた。

しばらく待っていると、三人の侍が縁側に座った。

三人は、蔵を警固していた侍で佐川六兵衛(さがわろくべえ)、伊藤左馬之助(いとうさまのすけ)、藤山吉郎(ふじやまきちろう)と名乗った。彼らは、盗賊に入られた罰(ばつ)で謹慎(きんしん)の身であるという。

木村は三人を部屋に入れ、当夜の様子を聞いた。

「いきなり闇の中から男があらわれまして」

佐川は怯(おび)えたような顔で語った。

「なにしろ、あっというまのことでした」

伊藤も言い添えた。

要するに、いきなり台所棟の陰から男が飛び出してきて、あっというまに峰打ちにされたという。

「ほう、そんなにたいした遣い手でしたか」

木村が言うと、三人は一様にうなずく。

「おそらく、居合の遣い手と思います」

藤山はかすかに残る記憶から、盗賊の行動をよみがえらせた。盗賊は、刀身を鞘におさめたまま走り寄り鋭く抜刀したと思うと、たちまち峰打ちにされたという。

「なるほど、居合の遣い手か。すると、その者はおそらく武士ですな」

木村はあごをかいた。

江戸には数多（あまた）の町道場がある。直心影流や中西派一刀（いっとう）流による防具の普及により、町人でも入門者が増えた。が、居合を学ぶ町人はまれである。

「盗賊はその居合の遣い手一人でしたかな」

木村は藤山に視線を向けた。

「いや、ほかにもいましたな」

伊藤が答えた。

「じつはそれがし、一度息を吹き返したのです」

伊藤は蔵の鍵を持っていた。何人かの男がそばにやってきて、鍵の束を奪おうとしたのだという。

「何人ですか」

木村は身を乗り出した。

「三人だったと」

伊藤は、視線を宙に泳がせながら答えた。

「それが、少々おかしなことが」

伊藤は、木村を見た。

「最初にわたしを昏倒させてから、鍵を奪いにくるのに、間があったのです」

「ほう？」

木村は庭を見た。松の木から蟬（せみ）の鳴き声がする。風が入ってこない。木村は扇子を使った。

「そういえば、拙者にも気になることが」

佐川が口をはさんだ。木村は黙って佐川を見た。

「六番蔵の錠前だけが、閉じられていたのです」

佐川は伊藤と藤山を見た。伊藤も藤山も、「そうだった」とうなずき合った。

「六番蔵と申すのは？」

木村も興味を抱いた。

「蔵は全部で七つあります。台所棟に近いほうから順に、一番から七番まで番号を振っているのです。六番蔵は米蔵です」

佐川はすらすらと述べた。

「盗賊たちはどこが金蔵かわからなかったはずです。したがって、拙者が持っておった鍵ですべての蔵を開けたのだと思います」

伊藤が言った。

木村はうなずきながら、思案をまとめるように、

「そして、二番蔵を金蔵と突き止め千両を盗み出した。ところが、なぜか米蔵の錠前だけかけて出て行った……。なにか、におうのう」

と、腕組みした。

「あの、こういうことは考えられないでしょうか」

藤山が右手を挙げた。

「なんなりと。この際です」

と、木村は笑顔を向ける。

「盗賊たちは最初、六番蔵を金蔵と思った。それで、初めは六番蔵に向かった。このとき、すでに鍵は持っていた。おそらく、鍵はあらかじめ造作(ぞうさく)したものを持参した。ところが、開けて入ってみたもののそこは米蔵だった。で、伊藤から鍵を奪った、という次第。いかがでしょう」

藤山が語り終えると木村は顔を輝かせ、

「それだ、そう考えれば辻褄(つじつま)が合う」

と、両手を打った。

「これは偶然かもしれませんがね、一年前まで、金蔵と米蔵は逆だったのです。盗賊は一年前の当家の様子を知っておって、てっきり六番蔵を金蔵と思ったのでは」

伊藤が言った。

「なるほど」

木村はふたたび思案した。

一年前に金蔵の位置を知っていた。それにもかかわらず、先日になってやっと盗みを働いたのはなぜだろう。

「盗賊が入る前、蔵のまわりで不審な男を見かけなかったですかな」

木村の問いかけに、

「不審な男ではございませんでしたが、魚屋が迷い込んだことがありましたなあ」

思い出したように佐川は答えた。

「魚屋！」

思わず木村は叫んだ。

「当家に出入りしておる魚問屋遠州屋の小者(こもの)です」

佐川は木村の驚きように気圧(けお)されたように付け加えた。

「遠州屋の。して、名は？」

木村は身を乗り出した。

「さあ、名までは。若いひょろっとした男でしたな。主人についてきて、厠を探しておるとかで、迷い込んだのでござる。その日は、台所頭どのが遠州屋を呼び、水野さまご接待の宴席にととのえる魚について打ち合わせしておりましたから。とくに不審とは思いませんでした」

佐川は言った。

――よし、義助という魚屋、徹底的に調べてやる。

木村の胸に光がさした。

「あの、もう一つ、不審な点が」

伊藤が言った。木村はうなずく。

「盗まれた千両ですが、千両箱にあった九百両とは別に」

伊藤は、水野の刻印が押された百両は、金蔵の中で千両箱とは別の場所に保管されていたことを語った。

「すると、明らかに、水野さまをねらって盗み出したのだな」

木村はうめいた。

「まったく、大胆不敵なやつらですな」

佐川が言うと、伊藤と藤山も大きくうなずいた。

「いや、お三方のお話、大いに役立ち申した」

木村はていねいに頭を下げ立ち上がった。

「われらとて、当家の恥辱を語ったからには、ぜひとも盗賊を召し捕っていただきたい。どうぞ、よしなに」

佐川が頭を下げると、伊藤と藤山も頭を垂れた。


木村は興奮で頬を火照らせ、真田家下屋敷を出ると本所へ向かった。

「そうか、これはひょっとして」

立ち止まって両手を打つ。

――菅沼のあとに流れ着いた身元不明の亡骸、見事に胴を割られていたという。相手は相当の遣い手だと。相手は居合の遣い手ではないのか。そして、その遣い手こそは、真田家下屋敷に押し入った盗賊の一人。

木村は興奮で身体をふるわせた。

三

夕暮れ、木村は義助が住む南本所元町の長屋の露地木戸にやってきた。あたりを見回し、木戸をくぐる。

夕陽が露地にさしこみ、木村の影を溝板に引かせた。

子どもたちの声が二階建て長屋の一軒から聞こえてくる。手習いを教えているようだ。

木村は黙々と歩くと義助の家の前に立った。様子をうかがう。物音がしない。留守であろうか。

「お侍さん、義助さんに用かね」

大年増の太った女が声をかけてきた。長屋の女房なのだろう。

「うむ。ちと、当家に納める魚についてな、聞きたいことが」

木村はいちおうもっともらしい言い訳をした。侍が魚屋をわざわざ裏長屋の住まいまで訪ねるには、それなりの用件がなければ不自然であると、道々考えてきたのだが、

「そうですか、それはご苦労なことで」

女はとりあえず不審には思っていない様子である。

「わたしは隣に住んでるんだけど、まだ帰っていませんよ。だいたい義助さん、商売以外でも、いつもどっかほっつき歩いているんだから」

女の証言は、大家長兵衛が言っていた義助の行状を裏づけるものだ。

「そうか、ではまたにする」

木村は踵を返した。

「お侍さん、お名前をお聞かせいただければ、あとで義助さんに伝えときますけど」

女は言ったが、

「いや、その必要はない」

木村は足早に木戸を出た。

一八がすれ違った。

木村は気づかなかったが、

――おや、この前の雨の日に来た侍では。

一八は不審の目を向けた。そこへ、木村に声をかけた女がやってきた。

「おや、一八さん。また、義助さんを悪い遊びに誘いに来たんだろ。あいにく留守だよ」

女は、一八の目が木村に向けられていることに気がついた。

「あのお侍も義助さんを訪ねてきたんだよ」

女が話し終わらないうちに、

「また来ますよ。しょうがないやつだね、遊んでばかりいて」

一八は女に言うと、木村を追った。

「あんたも義助さんのこと言えないよ」

女の声が背中でした。


一八は木村を追った。

木村は竪川にかかる一つ目橋を渡り、新大橋のほうに向かって歩いていく。

右手に幕府の御船蔵が三丁（約三百二十メートル）にわたって並んでいた。左手は町地、神社、武家屋敷が混在している。

薄闇におおわれた道は人影がない。野犬が舌を出しながら、餌を求めて徘徊しているくらいだ。

木村は、御船蔵が途切れたあたりで立ち止まった。

そっと、周囲を気にするように見回す。一八は天水桶の陰に隠れた。

木村は左手の武家屋敷の露地に入っていった。一八は天水桶から出ると、慎重な足取りであとを追う。

木村は露地を足早に歩いていった。両側には小体な武家屋敷の板塀が並んでいる。その一軒の前に木村は立ち止まった。

一八は、板塀に張りつくようにして様子をうかがった。

木村は冠木門の前で用件を告げた。やがて、くぐり戸が開き、屋敷の中に入っていく。

一八は門の前に立った。

二百坪程の屋敷である。御家人の屋敷であろう。

中の様子をうかがおうと、門に耳を当てた。すぐに人の声と足音がした。

女の声だ。

一八は門のわきの板塀に張りついた。

夜の帳が下り、一八の身体を闇が包んだ。


女に見送られ木村は門を出た。

「木村どの、五十両を届けてくださり、ありがとうございました」

女は丁寧に腰を折った。

「なんの、お役に立てて幸いです」

木村は笑顔を返した。

「では、木村どの、鳥居の殿さまによしなに。たまには顔を見せてほしいと、よろしくお伝えあれ」

「殿におかれましては、目付という役目柄、政務多忙にございますので」

「でも、月に一度はお越しくださるとのお約束でございます。そう、お伝えください。よしなに」

女はすねたような声を出した。女の機嫌を損ねては鳥居に何を吹き込まれるかわからない。

「わかり申した、伝えます」

しっかりとした声音で請け負い、一礼すると女もお辞儀をして屋敷の中に入った。

鳥居も女には気を配っているようだ。日頃の仏頂面が女の前ではどのようになるのか興味を引かれる。五十両を手渡した時の、「すまん」というつぶやきが思い出され、つい笑みがこぼれた。鳥居耀蔵といえど、女には弱いのかもしれない。自分にも他人にも厳しいと言っていたが、女には甘いのだろう。

妾に金を届けるなどという公私混同の役目をやらされたが、不快感よりも鳥居の弱味を握ったようで安堵した。これで、鳥居は自分に対して多少は手心を加えてくれるだろう。

「いや」

あの鳥居が容赦などするものか。役目失敗となれば、情け無用の処罰が待っているに違いない。

気を引き締め、木村は来た道を引き返した。

木村の姿が見えなくなってから、一八は門の前に立った。開け放たれたくぐり戸から、提灯（ちょうちん）のあかりが洩れ、色白の瓜実（うりざね）顔と妖艶（ようえん）な女の残り香が確認できた。

「ああ退屈だわ。ひさしぶりに、お座敷でも出たい気分だわ」

女は女中とおぼしき女に向かって、三味線をひくしぐさをしてみせた。女中はくぐり戸を閉めた。

——そうか、ここは鳥居の愛妾（あいしょう）宅にちがいない。

一八は両手を打って快哉（かいさい）を叫びたい気持ちをぐっとこらえ、ゆっくりとした足どりで木村のあとを追った。

木村の姿は闇に溶け込んでいた。

が、愛妾宅を知ることができただけでも、大変な収穫である。

「よし、お頭に報告だ」

一八は鏡ヶ池に急いだ。

「そうか、どんな堅物でも下半身は別じゃな」

外記は、どんぶり飯をかき込みながら、肩を揺すった。鯵の開きと大根の煮物が箱膳にのっている。

「まったくで」

一八は扇子をひらひらさせた。

「鳥居の弱点をつかんだのは大手柄じゃ」

外記にほめられ、一八は何度もぺこぺこ頭を下げた。

「で、どんな女だった」

外記は鯵の身をほぐしながら聞いた。

「ちらっとしか見ていませんが、ありゃ玄人ですね。堅気の女じゃありません。吉原か深川の女と見受けました。お座敷に出たいなんて言ってましたし」

一八は、女の妖艶な残り香を思い出したのか、顔をほころばせた。

「まあ、そんなところだろうが、もっと女の素性を探れ」

外記はぴしゃりと命じた。

「わかりやした」

一八は扇子を閉じた。外記は飯を食べ終わると、

「お勢といっしょに行け」

と、今度はみたらし団子を食べはじめた。

「お師匠さんと」

「そうじゃ。その女、鳥居が政務多忙でなかなか足を向けてくれず、無聊をかこってお座敷に出たいなどと言っておるのだろ。常磐津でもいかがです、と、屋敷を覗いてみたら、案外、入れてくれるかもしれんぞ」

「そうでやすね。駄目でもともと、ちょっくら行ってきやす」

一八はうなずいてから、

「そういえば……」

と、侍が義助の身辺を探っていることを話した。

外記は眉をひそめたが、やがてにんまりとした。

四

そのころ、木村は鳥居に報告をおこなっていた。いつものとおり、鳥居の書斎である。

「という次第で、盗賊一味に義助とか申す魚屋がかかわっておるものと推察いたします」

木村は、つい得意げになった。

「その魚屋、盗賊一味と必ずや接触するはず。一味もろとも一網打尽にできるぞ」

鳥居は落ち着いて返した。

「それと、これはまったくの推察の域を出ぬのですが」

木村は鳥居を上目遣いに見た。

「申してみよ」

今日の鳥居は心なしかやさしげである。やはり、妾に金を届けさせたという公私混同の振る舞いに対する後ろめたさがあるのだろう。

「以前ご報告申し上げました、百本杭に流れ着いた身元不明の亡骸、木暮元次郎ではないかと思います」

木村の報告に、鳥居の目が光った。先をつづけよと無言の目配せをする。

「真田さまの蔵番方が申すには、襲撃者はたいそうな居合の遣い手だそうです。亡骸の状況も胴を横一閃と、まさしく居合による斬殺でした」

「待て」

鳥居の口調に不機嫌な色合いが含まれた。木村はとたんに口をつぐむ。

「たまたま居合の遣い手が真田屋敷に盗みに入った盗賊にいた。百本杭に居合の遣い手によって斬殺されたと思われる亡骸が流れ着いた。時期もたまたま近い。それだけのことではないか。それをなぜ、木暮と結びつけるのだ。だいいち、木暮と盗賊一味のあいだに、どんなつながりがあると申すのじゃ」

鳥居は理詰めで攻めてきた。

こうなると木村では太刀打ちできない。木村は蛙のように這いつくばるのみだった。

「ま、興味を引く事実ではある。ひきつづき調べるのもよかろう」

鳥居は言いすぎたと思ったのか、やんわりとした語調で言い添えた。

そうだ、お喜多からの伝言があった。まずいまずい、危うく忘れるところだった。

木村は、「はい」と声を励ましてから顔を上げ、

「お喜多どのからの伝言がございます」

鳥居は愛妾の名を持ち出され、威厳を保つように咳払いすると不機嫌な口調で、「なんじゃ」と洩らした。

「ぜひに今月は一度お越しくださりたい、と」

木村は鳥居の機嫌をそこなわないよう、探索の報告同様にあくまで真摯な顔で言った。

「行ってやりたいが……」

「ぜひにと、重ねておっしゃりました」

あくまで生真面目に言い添える。

「わかった。必ず行くと伝えよ。日取りは、二十七日といたそう」

鳥居は言うと、手文庫から包み金一つを取り出し、

「探索費じゃ。むろん、褒美の百両とは別じゃぞ」

二十五両である。

「こんなには」

木村は遠慮したが、

「取っておけ。魚屋の身辺を探ること、そのほう一人では無理であろう。町方の手先でも買収するがよいぞ」

鳥居は事務的な口調で言った。

俄然、やる気と鳥居への忠誠心が湧き上がった。

町方の買収……。木村の脳裏に、同心の田岡と岡っ引の伝吉の顔が浮かんだ。

翌日、外記の指示にしたがい、お勢と一八は鳥居の愛妾お喜多の屋敷にやってきた。

「どっかの御家人が住んでたんだね」

お勢は縞模様の小袖、紫色の帯という地味な出で立ちで、三味線を片手に持っている。

一八はいつもの幇間のなりである。

八つ（午後二時）を迎え、棒手振りや行商人の姿もなく、ときおり武家屋敷の中間、小者らしき連中が行き交うくらいだ。

「さあて、はじめるか」

お勢は冠木門を見上げた。

門のわきから覗く樹木が、新緑の香りを往来に降り注いでくる。

チャチャチャチャチャン
お勢が三味線をひいた。

ぽんぽん
一八がくぐり戸を叩いた。

「常磐津でもいかがです」

お勢は屋敷に向かって艶（つや）のある声を放った。

やがて、心地よい三味線の音色に誘われるように、くぐり戸が開けられた。

「奥さまが中に入れと仰せだ」

門番が顔を出した。

──うまくいった。

一八はお勢と顔を見合わせ、

「そうですか。これは、失礼をば」

ひょこっと頭を下げると、くぐり戸をくぐった。お勢もあとにつづく。

石畳が玄関までつづいている。打ち水をしたばかりだ。石と土の濃厚な匂いが立ち上っている。

お勢と一八は、急ぎ足で玄関まで歩いた。

「失礼いたします」

玄関に入ると、式台で女中が待っていた。お勢と一八は女中の案内で奥に通された。

庭に面した縁側を通り、池を見渡せる座敷に通される。池は小さいが、周囲には枝ぶりのよい松、大小さまざまな庭石がたくみに配置されていた。

強い日差しを受け、池の面（おもて）がきらきらと輝いている。

お勢と一八は縁側に正座した。

障子は開け放たれている。

「お入りなさいな」

お喜多は床の間を背に、笑顔を向けてきた。頬が薄く朱に染まっているのは、酒を飲んでいるからか。

はたして、お喜多の前に置かれた膳には、蒔絵銚子と盃がのっていた。

お勢と一八は座敷に入り、

「ありがとうございます」

と、両手をついた。

お喜多は薄い紫地に金糸で朝顔をすそ模様にした小袖を着、紅色の帯を締めていた。すそ模様は、奢侈禁止令によって生み出された文様である。小袖全体に文様を描くのではなく、文字どおりすそまわりに工夫を凝らした文様がちりばめられている。

鳥居の愛妾だけあって奢侈禁止令を守っているというわけだ。しかし、昼の日なかから酒を飲んでいたのでは、下々への示しがつかない。もっとも、愛妾の存在自体、誉められたものではないのだが。

「ちょうど退屈していたところさ」

お喜多はくだけた口調で言った。

「それは、お役に立てそうです」

お勢は満面に笑みをつくった。

「お会いしたいもんでげすね。こんな美人を退屈させるいい男に」

一八が扇子でお喜多に風を送った。

「そんな、いい男じゃないさ。会えば、がっかりするよ。おでこが、こう張り出てさ」

お喜多は額に手をやり、けたけたと笑った。

「では、無駄話は止めて下手な常磐津節でも」

お勢は撥を掲げた。

「お願い」

お喜多は艶然とした笑みを浮かべた。

お勢が常磐津を奏ではじめると、お喜多は目を瞑ってうっとりした表情を浮かべた。曲目は「老松」である。やがて、自ら唄いはじめた。

「そもそも松の〜色を見す……」

いい気分でお喜多が唄い終えたところで、

「奥さま、いい声なさってますねえ」

お勢は本音で洩らした。

「いや、お見事でげす」

一八も感嘆の声をあげた。

「そんな、本職を前に恥ずかしいよ」

お喜多は扇子で火照った顔に風を送りながら、

「じつは、わたし、去年までお座敷に出てたのよ」

と、辰巳芸者であったことを告げた。

五

そのころ、木村は本所藤代町の自身番を訪れていた。

同心田岡金之助と岡っ引すっぽんの伝吉には、あらかじめ内々の依頼があると知らせてある。

「さあ、どうぞ」

田岡に愛想よく迎えられ、木村は六畳間に入った。

木村は、用件を切り出す前にちらりと部屋のすみを見た。書役が文机に向かっている。

田岡は木村の視線を確認し、

「ちと、内々の用談がある」

と、書役を部屋から出した。部屋の中には、木村と田岡、伝吉の三人が残った。

「南本所元町、宗兵衛店の借家人、魚屋の義助の身辺を徹底的に洗ってほしい」

木村は切り出した。

「あの、飲んだくれ野郎ですかい」

伝吉は小首をかしげる。

「さしつかえなかったら、その者、何をしでかしたので」

田岡が聞いた。

「先日のほどこし騒動をおこなった盗賊一味かもしれん」

木村が答えると、

「ええっ……、あ、あんな男が」

伝吉は眉をひそめ、田岡は首をひねった。

「とにかく、身辺を徹底的に洗ってほしいのだ」

木村は田岡と伝吉を見た。

二人は怪訝な顔のままうなずいた。

「差配違いの要請であるゆえ、奉行所には内密に願いたい」

木村は低い声で言うと、金十両を田岡の前に置いた。二人は顔を見合わせたがすぐに、

「よおく、わかりました。なにせ、ご改革断行のときですからな。町方がどうの御目付がどうのとは言っておられません」

田岡は十両を袂（たもと）に入れた。

木村は義助のことは田岡と伝吉に任せ、お喜多の屋敷に足を向けた。

お喜多は上機嫌でお勢と一八にも酒を勧めた。お勢の三味線催眠（さいみん）術を使うまでもなく、さまざまな話が聞けそうだ。

「さぞや、もてたんでしょうね」

お勢が世辞を言うとすかさず、

「男なら誰だって一目惚れするに決まってまさあね」

一八もよいしょする。

「そんなことはないけどさ」

お喜多は辰巳芸者のときは、「浜吉（はまきち）」という名でお座敷に出ていたという。さすがに、鳥居の名を口にすることはなかったが、

「百楽さんに呼ばれたとき、今の旦那に見初（みそ）められたの」

「ああ、永代寺門前町にある立派な料理屋さんね」

お勢は真田家の侍から情報を聞き出したときのことを思い出した。お喜多は、うなずいた。

　鳥居は前年、水野とやってきた。その座敷に呼ばれて三味線をひき、鳥居に気に入られたのだそうだ。

「じゃあ、旦那さまは三日にあげず、いらっしゃるのでしょうね」

　お勢は言うと一八を見て、「うらやましいねえ」とつけ加えた。

　お喜多は顔を曇らせ、

「それがね、月に一度来るか、来ないか、なの」

　と、盃をあおった。

「おや、それは、お寂しい。旦那さまも相当もてるのですね」

　一八が言った。

「そうじゃなくて、忙しい方なの」

「へえ、御公儀のお偉いさまなのですかね」

　お勢は突っ込んだが、

「ま、それは、いいじゃないの」

　お喜多はいなした。

　そこへ女中がやってきて、お喜多に耳打ちした。

「ちょっと失礼するわよ。お酒、もっと飲んで」

お喜多は部屋から出ていった。

一八はそっと縁側に出て、お喜多の歩いていくほうを見た。玄関に向かっている。来客であろう。

まさか、鳥居か。

そんなことはあるまい。鳥居ならあらかじめ連絡してくるはずだ。

ともかく、相手を確かめようと、足音を忍ばせながらお喜多のあとを追った。

お喜多は玄関わきの控えの間に入り、襖を閉じた。

一八は襖に耳を押し当てた。ぼそぼそという男の声がし、お喜多の甲高い声が聞こえた。

わずかに聞こえた話の内容は、次回、鳥居の来訪を告げるものだった。

一八はその声から、義助の身辺を嗅ぎまわっていた侍ではないかと思った。

「あの、なにをしていらっしゃるのですか」

背中から女中の声がした。一八は一瞬、ぴくんと心臓が躍ったが、

「厠はどっちでげしょう」

と、満面の笑みで振り返った。

女中は、眉をひそめながらも一八の笑顔に釣り込まれるように、

「玄関を出て左、板塀に沿ってありますよ」

と、答えた。一八は笑顔でうなずくと、そそくさと玄関に足を向けた。

一八はひとまず厠で用を足し、玄関をうかがった。

男が出てきた。案の定、

「木村どの、殿さまによしなに」

お喜多が声をかけたのは、やはり義助の長屋からここまで一八が尾行した侍だった。

「では、二十七日。よろしく願います」

木村は一礼すると石畳をせわしげに歩き、くぐり戸から出ていった。

入れ替わるように、

「おや、お客さまでしたか」

一八は玄関に入り、お喜多を見た。お喜多はうなずいてから、「飲もうよ」と奥の座敷に向かった。

お喜多は座敷に戻ると、

「もう一遍、『老松』をやっとくれ」

と、お勢に笑顔を向けた。お勢も笑顔で返すと、「老松」をひいた。

「ご機嫌ですね。旦那さんがいらっしゃるんでしょ。いえね、さっき、厠に立ったとき、玄関でご挨拶しておられたお侍さまが二十七日、なんて、おっしゃるの、耳に飛び込んできましたんでね」

一八はおおげさに右耳を引っ張った。

「おや、油断もすきもないねえ」

言いながらも、お喜多はうれしそうにうなずいた。

「へえ、こいつはうらやましい」

お勢が言うと、

「今日はありがとう。楽しかったわ」

お喜多は腰を浮かせた。

もっと、当日の様子を聞きださなくては。

「あと、一曲だけ聞いてくださいな」

お勢が頼むと、お喜多は座り直した。お勢の撥が大きく弧を描いた。

お勢と一八は、お喜多から心づけとして金一両もらい、屋敷をあとにした。

最後の一曲、すなわち三味線催眠術により、鳥居の来訪の様子がわかった。

鳥居は、六つ半（午後七時）に駕籠を仕立ててやってくる。お忍びということから、供の侍が二人ほどである。供の侍は、鳥居が滞在するあいだ、控えの間に詰める。

鳥居は、お勢と一八が通された座敷で飲食をする。このとき、鳥居とお喜多のほかは給仕の女中しかいない。

飲食後、鳥居は隣接する寝間でお喜多を抱き、翌朝明け六つ（午前六時）には帰っていく。

「決行は、二十七日の真夜中、お喜多宅、で決まりだね」

お勢が言うと、一八も目を輝かせた。

六

五月二十六日、木村のもとに田岡から連絡が入った。

木村は期待に胸をふくらませながら、本所藤代町の自身番にやってきた。出迎えた田岡と伝吉も得意げな笑顔である。

「お待ちしておりました」

伝吉がぴょこんと頭を下げた。

「盗賊一味の巣窟（そうくつ）、突き止めたのじゃな」

木村は雪駄を脱ぐのももどかしげに、六畳間に入った。

「そうなんで」

伝吉は得意げに十手をひらひらさせる。

「やはり、あの魚屋、盗賊一味であったか」

木村は田岡に視線を向けた。田岡は義助探索の様子を語った。

木村に依頼された田岡と伝吉は、義助の身辺を調べはじめた。伝吉は下っ引三人を使い、義助を一日中見張らせた。

義助は、魚屋の仕事を終えると、橋場の無住寺に通っていることがわかった。

その無住寺は、町地と田んぼのあいだにある。崩れた山門と土塀に囲まれた境内には、屋根がなくなった閻魔堂がわずかに姿をとどめている。

義助はこの無住寺にやってくると、きまって閻魔堂に入った。

張り込みをつづけているうちに、行商人風の男が何人かやってくることがわかった。下っ引の報告を受けた伝吉は、

「行ってみますか」

田岡を誘った。

「こら、におうな」

と、田岡も鼻をこするとその無住寺に向かった。

それが昨晩のことである。

田岡と伝吉は暮れ六つ（午後六時）、無住寺にやってきた。うっそうとした雑草に囲まれ、問題の閻魔堂が見える。

「伝吉」

田岡は伝吉に閻魔堂の中の様子を見てくるよう、無言で命じた。伝吉は首をすっこめると閻魔堂に向かった。腐っていまにも壊れそうな階（きざはし）に慎重に足をのせると、ミシミシという不安な音がした。

伝吉は腰を屈（かが）めながら階を上ると、濡れ縁に立った。観音扉をそっと開ける。

薄暗い堂内に夕陽がさしこんだ。閻魔大王の顔が夕陽を受け、怒ったように真っ赤になった。

「ごめんなさい。御用で失礼しますんで」

伝吉は軽く頭を下げ言い訳をすると、草履のまま中に入った。かびくさい臭（にお）いが漂っている。

十畳ほどの板敷きはがらんとしているが、ところどころに茶碗が転がっていた。目を凝らすと燭台や煙草盆もある。

明らかに、何人かの人間がこの中で過ごしているようだ。

伝吉は閻魔堂を出ると、

「間違いありません。盗賊一味の巣窟ですよ」

と、興奮気味に報告した。田岡も頬を紅潮させている。

「どうします、応援を呼びますか」

伝吉は居ても立ってもいられない様子だ。

「待て、あの魚屋、今日もやってくるだろう。今日はここで張り込んで、一味の様子を確かめる」

田岡は、はやる気持ちを抑えるように、深く息を吸い込んだ。

「わかりやした」

田岡と伝吉は閻魔堂の背後に回った。

薄闇におおわれた草むらには、蛍の光が点在している。二人は、やぶ蚊(か)に悩まされながら辛抱強く潜(ひそ)んでいた。

夕陽が沈み、境内を闇がおおうと、蛍の光がいっそうあざやかになった。

半月に雲がかかり、おぼろに輝いている。

境内は田岡と伝吉の息づかいと、草むらが風に揺れる音がするのみで、心細くなるほどに深閑としている。遠くで犬の吠え声がした。

「旦那、ほんとにやってきますよね」

伝吉は、心細くなったのか不安げな声を出す。

「馬鹿、怖じ気づきやがって」

田岡は十手で伝吉の額を打った。そのとき、

「あれ」

伝吉が山門を指差した。提灯が一つ、境内に入ってくる。

「魚屋だな」

おぼろ月と提灯に浮かんだ顔は、まさしく義助だった。義助は背中に大きな風呂敷を背負い、雑草を踏みしめながら閻魔堂までやってきた。

二人は、固唾をのんで義助の行動を見守る。

義助は、閻魔堂の中に入ると観音扉を閉めた。中から閂をかける音がする。燭台が灯された。蠟燭のあかりが連子窓から洩れてくる。

二人は観音扉のほうに回り、階の下にうずくまった。

「様子を見てきますよ」

伝吉は、観音扉の横の連子窓を指差した。

「待て、仲間が」

田岡は山門を振り返った。提灯が二つ、山門から入ってきた。田岡と伝吉はあわてて閻魔堂の背後に移動する。

二人の男は、背中に荷を背負った行商人風である。二人も閻魔堂に入っていった。さらに、三人の男たちがやってくる。

田岡と伝吉は、しばらく閻魔堂の背後に潜んだ。

やがて、深閑とした境内に義助たちの声が洩れてきた。

ここにいたり、ようやく二人は観音扉のほうに移動した。

「気づかれないように、中の様子をうかがってこい」

田岡がささやいた。伝吉はこくりとうなずくと、草履を脱ぎはだしになってから階を上った。連子窓の下に張りつく。連子窓から覗くと気づかれそうだ。

伝吉は、板壁に耳を張りつけた。

「なんとかなりそうだね」

「どうにかできそうだ」

「お頭も喜ぶよ」

「いつ、お頭やってきなさる」

「二十七日の五つ半（午後九時）だよ」

「そのときにみんな集めないとね」

　男たちの会話を聞き取り、伝吉は田岡のかたわらにやってきた。

「旦那、大変だ。あいつら、二十七日に徒党を組んで、なにやら大それたことをやらかすつもりですよ」

　伝吉は興奮で大きくなりそうな声を抑えながら、中の会話を報告した。

「二十七日というと、明後日だな。ここに盗賊一味の頭もやってくるか。頭を待ち、なにか、しでかそうというんだな」

　田岡も十手を握りしめた。

　田岡と伝吉は、目の前にぶら下がった大手柄に胸を熱くしながら、無住寺をあとにしたのだった。

七

「でかした」

　田岡の報告に、木村は顔を輝かせた。

「一網打尽にしましょう」

田岡は十手を振り上げる。

「集まる盗賊一味はどれほどか。一味の頭が来るとなると……」

木村が言うと、

「十人は下らないでしょう」

伝吉が言った。木村も田岡もうなずく。

「なかには相当の遣い手もおる」

木村は真田家下屋敷で聞き出した、居合の遣い手を思い出した。

「これは、大捕り物になるぞ」

田岡と伝吉は顔を見合わせる。

「よし、殿に申し上げて、町方の応援を頼もう」

世情を騒がし、老中水野の顔に泥をぬった盗賊一味の捕縛に、町奉行所も協力させることで、南町奉行矢部駿河守定謙に恩を売ることは、鳥居にとって悪くないはずだ。

木村や田岡、伝吉が盗賊捕縛に思案をめぐらせていると、

「大変です」

番太が駆けこんできた。

「両国橋のたもとに高札が」

番太の言葉が終わらないうちに、三人は飛び出した。

両国橋のたもとには、珍しく大勢の人だかりがあった。押し合いへし合いで高札を見上げている。

「どけ、どくんだ」

伝吉が人だかりをかき分け、木村と田岡に道をつくった。

「おのれ、なめた真似を」

木村は雪駄で地団駄踏んだ。高札には、

「今月二十八日、公儀御目付鳥居耀蔵の髷をここに晒す　庶民の敵、鳥居を懲らしめる世直し番」

と、書いてある。

「そうか、あいつら、これをやろうって企てていやがるんだ」

伝吉が言った。

「二十七日の五つ半に集まり、真夜中に決行するつもりだな」

と、田岡も木村を見た。

――まさか、やつらがお喜多どののことを知っているとは思えんが。

木村は、一瞬不安な気持ちに襲われたが、

「閻魔堂で、一網打尽にすれば、落着だ」

と、晴れやかに言った。


二十七日の五つ半を迎えた。

橋場の無住寺に捕り方が集結した。

木村の報告を受けた鳥居は、今朝登城すると水野に火急の面談を申し込んだ。水野は鳥居の言上を受け、南町奉行矢部定謙に盗賊捕縛を命じた。

鳥居は、一味を突き止めた功労者は木村であると主張し、捕り方の指揮をとらせるよう水野を介して矢部に求め、了承された。

こうして徒目付木村房之助を指揮官とする捕り方が編成された。南町奉行所から出役する、同心五人を含む二十人である。同心の中には田岡の顔もある。中間、小者にまじって伝吉の姿もあった。

中間、小者は刺股、突棒をしごきながら、緊張の面持ちで木村の指示を待っている。

彼らは、山門前に待機した。

伝吉から、閻魔堂の中には十人ほどの男がこもっており、その中には義助と、お頭とおぼしき初老の男がまじっていることが報告された。

木村は陣笠をかぶり、火事羽織、野袴という捕り物装束に身を固め、いかめしい口調で、

「これより、天下を騒がす大悪人どもを召し捕る。ご改革に弓引く不逞の輩である。みな、心してかかれ」

と、一同を見回した。

みな、無言でうなずく。

探索の甲斐があった。一味を一網打尽にすれば、百両を手にできる。鳥居の信頼も高まることだろう。木村は胸を躍らせ、

「よし、行くぞ」

下知すると山門をくぐり、閻魔堂に忍び寄った。

「おまえたちは裏を固めよ」

木村は、十手の代わりに鞭で指図した。一人の同心を含む五人が、閻魔堂の背後に回った。

「突入じゃ」

木村は田岡を見た。田岡が先頭になり、捕り方が観音扉に集結した。捕り方五人が体当

たりすると、観音扉はミシミシと音を立てながら、堂の中に倒れた。

「御用だ！」

「神妙にしろ！」

捕り方の絶叫につづき、木村が中に入った。

「何でございます」

盗賊一味は怯えたような顔を向けてきた。

十人ばかりの人間が、泥の焼き物を真ん中に車座になっている。男たちが背負ってきた荷も焼き物であった。筆と色とりどりの染料もある。

「おまえら、ここで何をしておる」

木村は義助に鞭を向けた。

「内職でございます。これに色をつけております」

義助は焼き物を取り上げた。焼き物は狐の形をしている。

「今戸焼でございます。ここらは、今戸に近うございますので、今戸焼の彩色の内職が盛んなんです」

義助は、酒びたりになってお得意先をしくじり、収入が減ったので、今戸焼の内職でしのいでいるとつけ加えた。

「みな、そうなのか」

木村は宗匠頭巾をかぶり、白いあご鬚をたくわえた男に視線を向けた。

「はい、みな、ここで、こうして、狐の色塗りをしております」

男は外記である。

「おまえ、お頭と呼ばれておるようだが」

「はい。わしが、みんなが塗った狐をまとめております。いわば内職のお頭ということでして」

ほかの連中は、今戸焼の彩色の内職があると雇い入れた者たちである。したがって外記と義助以外は、みな本気で彩色をおこなっていた。

「なんでしたら、今戸町の窯（かま）にお問い合わせいただければ、はっきりおわかりいただけますが……」

外記は頭を下げた。

「ふん！　まぎらわしいことをしおって」

木村は捕り方に撤収の命令を下した。

八

「馬鹿者、とんだ失態を演じたではないか」

捕り方が撤収してから、木村は田岡と伝吉を捕まえ、怒声をあげた。顔を蒼白(そうはく)にし、目を血走らせている。二人は木村の取り乱しように言葉もなく、うなだれた。

二人を叱責しながらも木村の脳裏には鳥居の顔が浮かんでいる。出っ張った額に汗を滲(にじ)ませ、怒りで目が吊り上がり木村を罵倒する姿に恐怖心が募った。

「念のため、連中の裏をとりに今戸へ行きます」

田岡と伝吉は、力なく告げると、逃げるように去っていった。

「勝手にせい」

木村は吐きすてると、夜空を見上げた。

降るような星空である。ふと木村の脳裏を、

——まさか、やつらお喜多どのの屋敷に。

という考えがかすめた。ひょっとして……。

「よし！」

木村はお喜多の屋敷に駆けつけることにした。舟だ。舟で行こう。

木村は山谷堀の船着き場を目指し、駆け出した。

この失態を鳥居が許すはずがない。

なんとしても挽回せねば。

木村は必死の形相で走った。

右手に通入寺の長大な白壁が見えてきた。左手には町家が並んでいるが、すでに雨戸は閉じられている。

すると、

「なにを急いでおられる」

提灯を片手に小柄な男があらわれた。

「何者じゃ」

木村はぎょっとして立ち止まった。

「今日で、お会いするのは二度目ですぞ。言葉を交わしたのは、今日が初めてですが」

提灯のあかりに、外記のつけ髭が浮かんだ。外記は口元に笑みを浮かべた。

「おまえ、閻魔堂の」

木村は警戒するように、外記との間合いを三間（約五メートル）ほどとった。

「お忘れか。一度目は、根津門前町近くの武家屋敷で、あなたとは会っておる」

外記は、木村とのやりとりを楽しむかのようにゆっくりとした口調で言うと、提灯を顔に近づけた。

木村は目を大きく開き、

「ああ、おまえ、青山の屋敷にいた、あのときの爺か」

ごくりと唾（つば）を飲み込んだ。ついで、

「きさま、何者じゃ」

木村は物の怪（もののけ）でも見るように、ゆっくりと後ずさりした。

「わかりませぬか。青山重蔵でござる。がはははっ」

闇に外記の哄笑（こうしょう）が響きわたった。木村の背中に、鳥肌（とりはだ）が立った。

「青山だと？　青山重蔵は死んだ。でたらめを申すな！」

木村は物の怪に気圧（けお）されまいと、声を励ました。

「いかにも、青山重蔵は死にました。が、菅沼外記はここに生きておる！」

外記は鋭い声を発した。

「なんと！　きさま、生きておったのか。すると、木暮も、おまえが」

木村は唇を噛みしめた。

「いかにも。斬り捨て、大川に流してやった」

外記は提灯をかたわらに置いた。

「おのれ、よくも」

木村は抜刀した。

木村に向かって外記は歩いていく。その顔には笑みさえ浮かべていた。木村は、その無気味な余裕に思わず後ずさりする。

それでも、

「許さん！」

外記を威嚇するというよりは、おのれを奮い立たせるように叫び、剣を大上段に構えた。

外記の動きが止まった。

合わせるように、木村も地べたを踏ん張る。

二人は三間ほどの間合いを保ち、にらみ合った。

闇に木村の息遣いが刻まれる。それはしだいに激しさを増し、ついには、

「きえーっ！」

と、奇声にまでなった。

外記は抜刀せず、右手を差し出し、左手を腰に置いて口から息を吸い、一旦呼吸を止め

る。次いでゆっくりと吐き出した。丹田に気が溜まってゆく。程なくして全身を血が駆け巡り頬が赤らんだ。

木村は決意するように腰を沈める。ついで、身体に鞭でも打ったように弾みをつけると地を蹴り、外記目がけて殺到した。外記は差し出した右手を引っ込めると、

「てやあ！」

裂帛の気合いと共に木村目がけて押し出した。

夏でもなく、そして夜の帳が下りているにもかかわらず、陽炎が立ち上り木村の姿が揺らめいた。と、次の瞬間、相撲取りから突っ張りを食ったように木村の身体が後方に吹き飛んだ。

「見たか、これぞ菅沼流気送術だ」

外記は言い放った。

地べたに倒れた木村は我が身に起きたことが理解できないのか呆然とした。

それでも、外記を斬ろうと立ち上がる。

再び外記が気送術を放とうとしたところで、

「待て、剣で勝負を決しようではないか。それとも貴様、妖術を使わねばわしに勝てぬか」

木村は挑んだ。

外記はニヤリとし、

「よかろう。仕掛けて参れ」

と、腰を落とした。

左の親指で脇差（わきざし）の鯉口（こいぐち）を切ったものの抜刀しない外記を見て、

「居合か」

つぶやいてから木村は八双（はっそう）に構えた。

「関口流居合道だ」

外記が答えると、

「直心影流、免許皆伝の腕を見せるぞ」

木村はじりじりと間合いを詰めて来た。

外記は、待ち構えている。

木村の剣が八双から袈裟（けさ）懸けに振り下ろされた。

外記は右手一本で脇差を抜き放つと木村の剣を受け止め、弾き返した。木村の太刀筋は迅速でしかも重い衝撃だ。右の手首に痛みが走ったが、両手で柄（つか）を握り、払い斬りを繰り出した。夜風がびゅんと鳴り、脇差は空を斬った。木村は後方に飛び下がっていた。

今度は外記が間合いを詰めた。木村の懐に飛び込み、下段からすり上げた。

木村の剣と交わり、鋭い金属音と共に火花が飛び散る。外記は後ずさったが木村は追いすがり鍔迫り合いとなった。すさまじい形相となって木村は外記を押してくる。

小柄な体軀、脇差とあって外記は押される一方だ。踏ん張ってもじりじりと地べたを後ずさってゆく。次いで、木村が圧し掛かってきた。

外記は右に動いた。木村はしっかりとついて来る。更に右に動き、次第に動きを速める。それでも木村は離れようとしない。

外記は回転した。木村も外記の動きに合わせているため、二人は一対となって巨大な独楽と化した。土煙が立ち上り、二人の気合いが辺りを圧する。

いつまでも独楽になっているわけにはいかない。

頃合いを見て、不意に外記は飛び退いた。

立ち止まったことで木村は目を回すと思ったが、甘かった。さすがは直心影流免許皆伝である。木村は間髪を容れず大上段から斬り下げた。かろうじて木村の剣を受け止めたものの、外記の手から脇差が離れ、地べたを転がった。

木村の目が鋭い光を帯びた。

丸腰となった外記は気送術を放とうと身構えた。

が、木村の顔に薄笑いが浮かんだのを見て止めた。武士同士が真剣勝負に及んだのだ。剣で倒さねばならない。

「覚悟！」

木村は猛然と間合いを詰め、剣を大上段に構えた。

「てえい！」

外記は跳躍した。夜空に外記の身体は弧を描くや、木村の顔面を蹴り上げた。堪らず木村は仰け反る。大刀の柄から左手が離れた。

着地するや外記は木村の大刀を奪い、腹に突き刺した。

木村の動きが止まった。

次いで、串刺しにされたまま、木村は仰向けに倒れた。

外記は木村の傍らに立ち、大刀を抜き、地べたにそっと置いた。

「菅沼殿……」

虫の息となった木村が声をかけてきた。外記は屈んで木村を抱き起こした。外記の腕の中で、

「お見事でござった」

木村が賛辞の言葉を贈ってきた。

「直心影流免許皆伝の腕前、しかと見届けましたぞ」

「武士の情け……、これをわが屋敷へ……」

木村は右手で懐中を探るが思うように手が動かないようだ。「御免」と断ってから木村の懐中を手探りし、財布を取り出した。

「これですな」

外記の問いかけに木村は力なく首肯した。有り金を家族に届けて欲しいということだろう。

「しかと承った」

外記は財布を着物の袂に仕舞うと木村が微笑んだように見えた。微笑みではなく、顔が引き攣っただけかもしれないが……。

確かめる術もなく木村はがっくりとうなだれた。

脈を取って木村の死を確かめると外記は闇に向かって声を放った。

「義助」

天水桶の陰に隠れていた義助が姿をあらわした。

外記は義助に手伝わせ、木村が切腹したように偽装した。通入寺の白壁を背に胡坐をかかせ、大刀を鞘におさめ、脇差を抜いて右手に握らせた。

「これをな」

外記は木村の懐に書付をねじ込んだ。木村が置いていった香典の文字から、庵斎が偽造した遺書である。内容は、今回の捕り物の不始末の責任を負う、というものだった。

「それと、これを持っていけ」

外記は、庵斎に偽造させたもう一通の書付を渡した。お喜多の屋敷にいる鳥居に、盗賊一味の捕縛成功を知らせる内容である。

義助は、お喜多の屋敷目指して駆け出した。

外記は木村を見た。木村は鳥居から命じられて役目を遂行したに過ぎない。憎むべき相手ではない。死に際して家族のことを気にかけていた。死んでも死にきれなかっただろう。しかし、死顔は意外にも穏やかだ。鳥居耀蔵という冷酷非情の上役から解放された安堵なのか、家族に多少の金を残せた満足感なのか。

「往生してくだされ」

外記は両手を合わせ、木村の冥福を祈った。そして、せめてもの手向けだと着物の袂から木村から託された財布を取り出し、金十両を入れた。

木村は鳥居の手先ではなく、一人の剣客として冥土に旅立ったのだ。

四つ（午後十時）になり、お喜多の屋敷の門前に義助がやってきた。わきでお勢と春風が待っていた。

「鳥居は、中だよ」

お勢が言った。

「じゃあ、あっしはさっそく」

義助はくぐり戸を叩いた。二度三度叩くと、戸が開いた。

「木村さまの使いでございます」

門番に告げた。門番が屋敷の中に消えた。

すかさず、お勢と春風が中に入る。

門に侍が一人あらわれた。

「木村さまより、これをお届けせよと」

義助は書付を手渡し、「盗賊は残らず召し捕りました」と小声でつけ加えた。

「そうか。ご苦労、殿も喜ばれるじゃろう」

と、侍は破顔し屋敷の中に消えた。

お勢と春風は庭に回った。

障子は閉められているが、蠟燭のあかりに鳥居とお喜多の影が揺れている。鳥居は、盗賊捕縛の知らせに気をよくしているのか、笑い声をたてていた。

お勢と春風は、松の陰に身を潜ませ、鳥居とお喜多が寝静まるのを待った。

半刻（約一時間）後、障子から洩れるあかりが消えた。お勢と春風はさらに半刻待った。

「そろそろいいかね」

お勢は身体をもぞもぞ動かす。お勢と春風は雪駄を懐に入れ、はだしで縁側に上った。

障子を開ける。

暗闇に寝間の襖が浮かんでいる。

お勢は忍び足で入っていくと、襖をそっと開けた。行灯の灯火が、鳥居とお喜多の寝姿を照らしている。

よほど気分よく飲んだと見え、お喜多も鳥居も酒くさい寝息を立てながら、すやすやと寝入っている。

春風は行灯を鳥居に近づけた。

「よく寝てるよ」

お勢はニヤリとすると、懐剣を取り出し鳥居の髷を左手でつかんだ。鳥居の顔を覗きこむ。

「大丈夫。ぐっすりだ」

春風は鳥居の鼻と口のあたりに右手をかざした。

「よし、やるよ」

お勢はささやくと右手に懐剣を持ち、髷に刃を当てる。慎重な手つきで力をこめた。すると、鳥居の首がわずかに動いた。お勢は思わず髷をつかんだ手を離す。

鳥居は鼾をかきはじめた。

お勢と春風は、ほっとしたように顔を見合わせる。

――朝まで寝てな。

お勢は心の中でつぶやくと、懐剣に力を込めて三度四度、横に引いた。髷はばっさりと切れ、お勢の左手に握られた。

「さあ、よおく見て」

お勢は春風に言った。

春風は、髷がなくなった鳥居のざんばら髪に、じっと視線を落とした。

「ああ、ああ」

お喜多の声がした。

お勢はびくんとした。振り返ると、

「寝ぼけてるだけだよ」

お勢がささやいたように、お喜多は寝返りを打っただけだった。

「もう、大丈夫です」

春風は顔を上げた。

「じゃ、退散するよ」

お勢と春風は寝間の襖を閉じ、座敷を抜けて庭に降りた。

屋敷は、静寂を保っていた。


翌朝、両国橋の西と東のたもとに高札が立てられた。

高札には、髷を切られた鳥居の似顔絵が貼りつけられていた。横に白木の台があり、髷がのっている。髷は西と東に分けられていた。

「こいつはおもしれえや」

「世直し番、やるねえ」

「花火が禁止で寂しいと思ってたけど、こんな珍しいものが見られるなんて」

「でも、花火みたいにきれいじゃないわ」

「まるで妖怪（ようかい）だ」

「ほんと、妖怪だよ」

集まった野次馬が口々に言い立てた。

この年の暮れ、鳥居は南町奉行に昇進し甲斐守に任官した。江戸庶民が甲斐守の「かい」と、名前耀蔵の「よう」をとり、「妖怪」とあだ名をつけた背景には、春風の描いた似顔絵があった。

それほどまでに、髷を切られた鳥居の容貌は怪異であったのだ。

「こら、こんなところでたむろするな」

橋番所の番太だけではさばききれず、奉行所から役人たちがやってきた。

「旦那、やられましたね」

伝吉が田岡に言った。

「感心してる場合か。撤去するぞ」

田岡は舌打ちすると十手を抜いた。

「こら、どけ、散れ！」

田岡と伝吉が野次馬をどけようとしたとき、

「小判だ」

「小判だぞ！」

野次馬が騒ぎはじめた。

野次馬の頭上で、朝日を受けた小判がきらめいている。

「こら、小判を持っていくな」

田岡は叫んだが、野次馬の動きは止まらない。

だいたい、どこの誰ともわからない人間たちの集まりだ。拾って逃げられれば追いかけようがない。

みな、目の色を変え、歓声をあげて小判を拾っている。

それは、金に目がくらんでの行動というより、抑圧された鬱憤を晴らすかのような喜びに満ちたものだった。

「おい、やめろ」

田岡の声がしだいにしぼんでいく。

「旦那」

伝吉が田岡に笑顔を向けた。田岡はうなずくと、

「おれたちも拾うか」

田岡と伝吉は野次馬の中にまじった。

一連の様子を、

「外記よ、鳥居に灸をすえたのう」

家慶は両国橋の上から眺めていた。もちろんお忍び行である。

かたわらに外記が控えている。

外記の足元には、ばつがちょこんと座っていた。

「そういえば、今日は両国川開きの日であったな」

毎年五月二十八日は両国川開きの日である。

江戸はこの日から夏を迎える。花火が打ち上げられ、納涼舟が大川を埋め、広小路は夏を楽しむ庶民で埋め尽くされる。

今年は一切が禁止されたのだ。

外記は川開きの日をねらったわけではないが、民の顔につかのまの笑いがもたらされたことには満足した。

「民は喜んでおるが、これでいいものか」

家慶は、小判を求め、狂乱の様相を呈している庶民を見ながらつぶやいた。

「畏れながら民に真の喜びを与えるのは、正しき政と存じます」

外記は片膝をつき、低い声ではっきりと言上した。

「正しき政か……。改革は正しい政ではないのか」

家慶は空を見上げた。

紺碧の空に、巨大な入道雲が横たわっている。

外記はおとなしく座っているばつの頭をなでながら、自分と菅沼組のこれからを思った。

水野、鳥居にお灸をすえることを目的にやりはじめた、「闇御庭番」である。

これからは、水野、鳥居と命を懸けたやりとりになるにちがいない。

水野、鳥居が倒れるか、自分が命を落とすか。

「今年も暑くなりそうですな」

庵斎が外記の横に立った。ついで、家慶に深々と頭を垂れると、欄干にもたれかかり、

「川開き入道の立つところかな」

入道雲を見上げた。

家慶と外記も、庵斎の横で空を見上げる。

ばつは気持ちよさげに欠伸をした。

この作品は、二〇〇八年二月に刊行された『闇御庭番　江戸城御駕籠台』（だいわ文庫）を加筆修正のうえ、改題したものです。

光文社文庫

長編時代小説

裏切老中（うらぎりろうじゅう）　闇御庭番（やみおにわばん）（一）

著者　早見俊（はやみしゅん）

2019年3月20日　初版1刷発行
2019年4月10日　2刷発行

発行者　鈴木広和
印刷　新藤慶昌堂
製本　榎本製本

発行所　株式会社　光文社
〒112-8011　東京都文京区音羽1-16-6
電話（03）5395-8149　編集部
8116　書籍販売部
8125　業務部

ISBN978-4-334-77824-8　Printed in Japan

組版　新藤慶昌堂